袁珂讲中国神异故事

袁珂 —— 著

海峡出版发行集团 THE STRAITS PUBLISHING & DISTRIBUTING GROUP | 鹭江出版社 LUJIANG PUBLISHING HOUSE

2018 年 · 厦门

目录

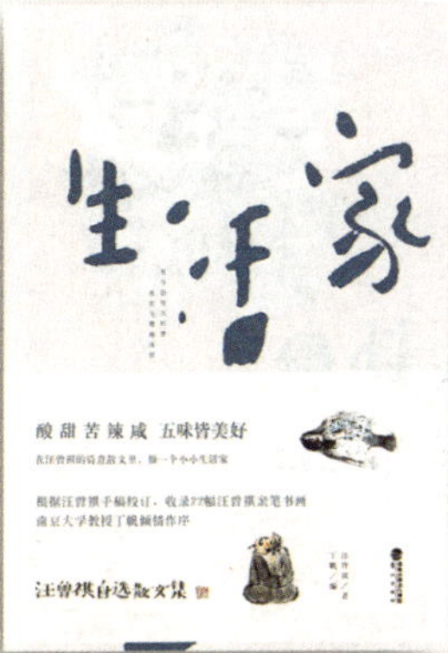

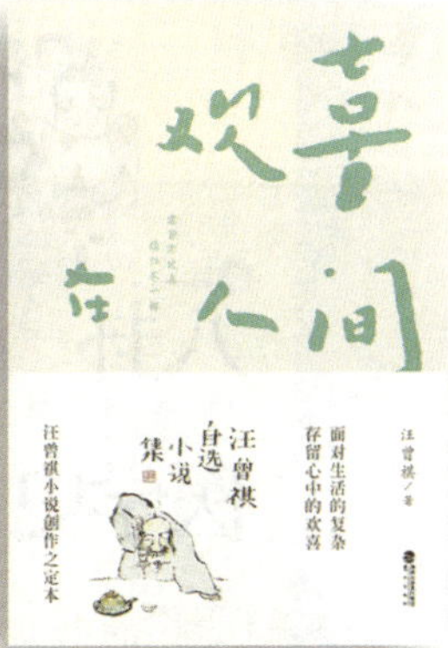

活家

48.00元

祺/著　丁帆/编

2018-4

甜、苦、辣、咸，五味皆美好。在汪曾祺的诗意里，做一个小小生活家。

欢喜在人间

42.00元

汪曾祺/著

2018-4

面对生活的复杂，存留心中的欢喜。君若亦欢喜，携归尽一樽。

找桃花源

48.00元

/著

2017-9

找桃花源”是隐喻。我们每个人都希望寻找到安心的理想之地或者精神归宿。

让·埃默里三部曲

126.00元

独自迈向生命的尽头/罪与罚的彼岸/变老的哲学

2018-4

让·埃默里（Jean Améry）著　杨小刚 译

奥斯维辛幸存者、“大屠杀亚文化中的圣人”埃默里思考衰老，说集中营，论“自死”。

画中那些不朽的灵魂

52.00元

彭志翔/著

2018-8

36幅传世名画，5大永恒主题，有关人性、生命、历史社会、自然的思考。

树的艺术史

118.00

[英]弗朗西斯·凯莉(Frances Carey)著　沈广湫 吴亮译

2016-

一部“树文明”简史，书写人类历史中辉煌的树篇章，讲述人类灵魂与树木的奇妙之源。

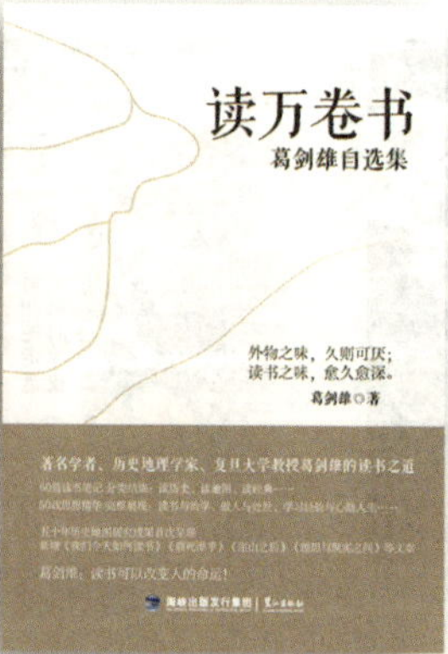

读万卷书

58.00元

葛剑雄/著

2018-4

著名学者葛剑雄的读书之道！外物之味，久则可厌；读书之味，愈久愈深。

画在人心的苦闷上

58.00

李宗陶/著

2016-1

那无处不在的“微微的异样”，艺术家的秘密心和真实心灵。

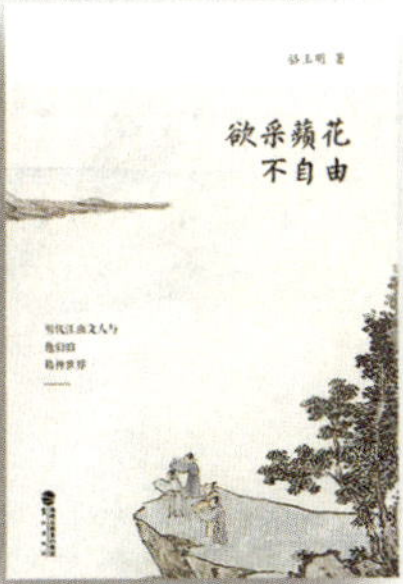

骆玉明谈文学 骆玉明/著

采蘋花不自由/长得逍遥自在心/闻道长安似奕棋

45.00元/42.00元/42.00元
2017-9/2017-10/2017-11

欲采蘋花不自由》
代江南文人与他们的精神世界。

《长得逍遥自在心》
老庄的哲学和他们的人生智慧。

《闻道长安似奕棋》
中国历史上的权力游戏。

1

2

3

4

5

老舍套装

298.00元
2017

1《骆驼祥子》
一个穷人的骄傲与堕落，一个时代的无奈与悲哀。

2《正红旗下·离婚》
内含老舍珍贵老照片，重新诠释现代文学经典。

3《不成问题的问题》
同名电影斩获金马奖、东京电影节、北京电影节大奖。

4《想北平》
散文透露着老舍的智慧、敏锐、幽默和耐人寻味。

5《四世同堂》(上、中、下)
一首可歌可泣的历史史诗

鹭江出版社
LUJIANG PUBLISHING HOUSE

神话是非科学却联系着科学的幻想的虚构，它通过幻想的三棱镜反映现实并对现实采取积极的态度。

——我对神话所做的初步界说

序说

一

世界上各个国家、各个民族，都有它自己远古的动人的神话。中国是有着几千年历史的文明古国，自然更不例外。中国的神话，不但丰富，而且美丽。可惜先前的人们没有注意去保存，使它们散失了不少。剩下来的一些零星片段，东鳞西爪地散见在若干古书里，也或多或少地经过了篡改和歪曲。但即使是这样，我们仍然可以从中看出我国古代神话和传说的丰美。

神话起源于人类的童年时期。原始人类起初是蒙昧无知的，由于长时期的劳动，“两手教导头脑”（高尔基语），使头脑逐渐变得聪明起来的时候，才对于大自然所发生的各种现象，例如太阳和月亮的运行、虹霓云霞的变幻、风雨雷电的击搏、森林里大火的燃烧……产生了巨大的惊奇的感觉。惊奇而得不到解释，于是以为它们都是有灵魂的东西，称之为神。从这个时候起就开始有了一些解释自然现象的极简单的神话，大约可以举来作为这类神话的说明。例如《山海经》所记的“各有两首”的䗖蝀（即虹虹）；《左传》所记的高辛氏两个“不相能”的儿子所化的参、商二星，它们东出西没，永不相见；《淮南子》所记的共工“怒而触不周之山”，使“天倾西北，故日月星辰移焉；地不满东南，故水潦尘埃归焉”。

原始人类并不满足于仅仅对自然现象作解释，随之而来的，便是征服自然的神话。由于原始社会生产力的低下，原始人类长时期被生存的困难和与自然做斗争的困难所逼迫着，在他们的想象中，就有了控制自然和压倒自然的威力的欲望。要达到这种目的，离开劳动还是不行的。因此，他们一再用激情的调子，唱出了劳动和劳动英雄的颂歌。他们歌颂用斧头开天辟地的盘古，抟泥土造人和熬炼五色石子补天的女娲，和旱灾做斗争因而射落天上九个太阳的羿，治理洪水的鲧和禹，教导人民种庄稼的后稷……这些征服自然、改善人类生活的劳动英雄，是神，具有超人的神通和本领，然而他们同时又是人类亲密的朋友，他们是生活在人群当中，忠心耿耿地为人群服务的。

神上了天并且在天上愈升愈高，这乃是阶级社会形成以后的事。古代劳动者创造了可以作为劳动模范的诸神，原不过为了鼓舞自己劳动的热情，后来阶级产生了，统治阶级便把这些劳动英雄认作自己的祖宗，抬到九重高天去，用以威吓和欺骗劳动人民，使他们安于做奴隶，于是部分神话就变质成为迷信。

但迷信也还是束缚不了人民群众的思想意识的。尽管神被奴隶主抬得一天比一天高，群众中却滋生着一种反抗神的意愿。这意愿的具体表现就是：天才的人民又创造了反抗神的神。在中国神话里，这类的神很多，有射太阳（他们都是天帝的儿子）的羿，偷窃息壤来平治洪水的鲧和禹，和上帝争神座的刑天，以及后来传说的斧劈桃山的二郎神杨戬、大闹天宫的孙悟空，等等。像这样一些英雄神话，正反映了阶级社会里被统治阶级与统治阶级之间的斗争。有的神话虽然主题表现的仍是征服自然（例如羿和鲧、禹的神话），但因为是在阶级社会里才最后完成的，无形中也就打上了阶级的烙印。高尔基说："神话的创造在自己的基础上乃是现实主义的。"（《苏联的文学》）这真是颠扑不破的至理名言。

长时期遭受严酷封建统治的中国社会，也随时在产生着新的神话，这些神话的主题，往往带着浓厚的反封建的色彩。至于它们的内容，则经常是描写少年男女为了爱情的自由和幸福向封建势力做坚强不屈的斗争；因为这不但容易激动人们的心弦，实在也关系着每个人的命运，于是在神话里我们就可以看见牛郎织女如何反抗威严的天帝，善良的白蛇如何反抗妖僧法海……他们在正义的斗争中，都具有哪怕是牺牲生命都在所不惜的决心。也有好些神话，直接描写到被压迫、被剥削的人民和统治者正面的对抗，如《眉间尺》里的眉间尺和"道逢客"，用了他们的头颅去与楚王奋战；《望娘滩》里的那个穷苦的孩子，被逼吞下了宝珠，变成了蛟龙，想要兴起洪水去淹灭仇人的家园……这些都充分地反映了在阶级社会里统治者压迫人民的残酷和人民还击统治者的英勇。

劳动人民创造了神话，无形中也把自己身上存在的各种优秀的品质，灌注在神话里的神和英雄的身上。看啊，那追赶太阳的巨人夸父是何等的豪迈！那用小石子、小树枝去填平大海的小鸟精卫又是何等的坚韧！那小小年纪就去拯救他的母亲，历经艰险、百折不挠的沉香，又是何等的英雄气概！乃至于舜的仁爱、田章的聪明、李冰的勇敢……所有人们赋予神的这些优异的禀赋，原来也都是劳动人民本身固有的美德。《风俗通义》说："女娲抟黄土造人。"这当然是神话。实际上倒是劳动人民按照自己的形貌塑造了神话里值得颂扬的诸神和具有神性的英雄们。

随着科学的发展和社会的进步，神话的本身就从现实生活中逐渐消失了。但作为一种艺术，它确实具有强大的魅力，必将历久而常新。正如马克思所说："一个大人是不能变成一个小孩的，除非他变得稚气了。但是，难道小孩的天真不能令他高兴吗？"（《政治经济学批判》导言）神话正是人类童年时期天真烂漫的幻想，因此值得珍惜。

二

在神话研究方面，我是持广义神话观点的。广义神话的中心思想，就是把神话的起源和它的发展演变联系起来考察，即不仅承认起源时期的神话（原始社会的神话），也承认进入阶级社会以后发展演变的神话。那种以为神话是和原始社会同终始、企图把神话约制在原始社会以内的看法，我是不赞成的。事实上，进入阶级社会以后，仍有大量的神话存在。即使以古代神话而论，古代神话也是进入阶级社会以后才最后完成的：这就是我认为后世也能产生新神话的主要依据。说到神话的消失，神话是会从现实生活中逐渐消失的，但从现在世界的范围而论，还不能说它就完全消失了。

我很高兴接到出版方邀请编写"神异篇"的任务，因为它的总体精神是在于发扬祖国的优秀文化，给青少年以有益的精神食粮，我当然乐于接受；这是其一。其二，"神异篇"这个名目我觉得拟得很好，它的概括性较大。照我的解释，"神"就是神话，"异"就是神话的变异，即发展演变中的神话，这样就把神话的起源和发展两方面都照顾到了，符合我广义神话的思想，我也乐于接受。汉代末年有一部托名东方朔的《神异经》，格局是模仿《山海经》的，内容性质则大体属于神话的变异这方面，立名的精神可以和“神异篇”相通。

这本书的主要部分是神话，占了十四节，“牛郎织女”以前，大体上属于神话的范围，它们的主旨前面已略有介绍，这里就不再多赘。

现在要说的是从“穆王西游”到“白蛇传”这二十二节，大体上属于神话的变异的范围，即进入阶级社会以后新产生的神话。这一部分中又大致可以分为六类：（1）历史人物的神话；（2）仙话和佛典中的神话；（3）拟神话；（4）文人写作的神话；（5）民间神话；（6）其他。

首先说历史人物的神话。

历史人物的神话，从“穆王西游”到“李冰斗蛟”，共七节，大体上属于这一类。这类神话的主要特点是：以历史上有名的人物做主角，再附会上神话的因素，过去有人称它为传说，我们则当它作神话看。其间“眉间尺”这名字近于虚构，但眉间尺的父母干将、莫邪乃是历史上实有的人物，所以也把它包括在这一类里。

其次说仙话和佛典中的神话。

仙话和神话本来是同出一源的，它们都和原始巫教有着不可分割的血肉相连的关系。仙话宣扬长生不死、修炼升仙，个人利己的因素多些，但其抗击死亡厄运的精神却是和古神话中英雄们征服自然的精神有相通之处。仙话不始于道教的建立，只是道教建立以后，教徒们的推波助澜，让仙话更加得到发扬罢了。仙话中也有较积极、有意义的，可以当作神话看待。例如前面“神女峰”“龙伯钓鳌”“老子出关”等节，都具有仙话的色彩，但仍当算是优美的神话。现在又特选“张道陵七试赵升”，作为较有意义的仙话的代表，略加叙写，以见一斑。至于佛教经典中的一些神话人物，如观音、善才、龙女、文殊、普贤、四大天王、十八罗汉等，也随着两千年前印度佛教传入中国而逐渐被人们熟悉了。群众还根据这些人物的不同特点，创造出一些纯属中国风格的神话来。其中“哪吒闹海”神话，就是一个从佛教经典中演化、创造出来的优美神话，也根据有关的材料略予渲染，将它写出。

再次说拟神话。

拟神话就是模拟古代神话的内容和格局而创造的新的神话故事。这类神话故事不但在民间广泛流传，而且神话的主人公得到了群众的认可，为他们立了庙祀，使神话故事不但久传不衰，还因立庙之故又有新的附会增益。我用“张大帝与张龙公”一节的篇幅来将这类神话的情况稍加展示。

又次说文人写作的神话。

文人写作神话，自古已有，不过唐代以前，大都偏于记录传闻，从唐代开始，才有根据某些神话材料特意创造神话故事的倾向。唐人写作的神话故事不下六七篇，其中影响最大的有李公佐的《古岳渎经》和李朝威的《柳毅》两篇。《古岳渎经》中写的无支祁，在“鲧禹治水”节中已经大略介绍过了；现在又根据《柳毅》篇中所写，在“柳毅传书”节里，稍微予以介绍。

最后说到民间神话。

民间神话是神话的一个广泛的概念，任何神话都来自民间，似乎都可以称为民间神话。但多数神话虽然早在民间流传，一经文人记录，便比较完整，比较定型，以后即使有某些发展和演变，却只是细节上的一些变化，故事的轮廓还是大体依旧，像这类神话，就不能称作民间神话。现在要讲述的民间神话，是那些虽有古籍零星记载，但是由于各种复杂的原因，一直没有定型，只是或明或暗地广泛流传于民间，靠小说、戏曲、唱本、鼓词、绘画等为之媒介，使它们在群众的头脑里，留下了深刻的印象。如本书后半部选写的“董永和七仙女”“沉香救母”“和合二仙与刘海戏蟾”“白蛇传”等，就属于这一类。

除此而外，还有暂时无法精确分类的，只好列入“其他”类中，像“田章上天”“陷湖传说”“德庆龙母”“白螺天女”“鲁班造桥”“钟馗捉鬼”“陈鸾凤”等都是。神话本来从内容到形式都是丰富多变的，尤其是零星记载、交错出于诸书的中国神话更是这样，绝不能因为某些神话暂时不能精确分类而忽视它们的存在。只好存其旧观，以后再慢慢研究应该怎样妥善分类。

三

我研究和整理中国神话四十多年，如今经过两三个月的努力，终于编写出一部可以见到中国神话大概面貌的神话故事书来，供青少年（当然也包括未失童心的中老年）阅读，这在我仿佛是完成了某种任务，心里感到十分欣悦。

从盘古“开天辟地”到《白蛇传》的“白蛇出世”，这就是我替一般读者设想的广义神话所包括的时间跨度，我想这样的跨度大约可以被接受，否则人们会以为过于广阔无边了。过去只是在理论上谈论这个问题，现在则从内容实质上，将它们编写为通俗神话故事，对人们就广义神话概念的理解，自然会更有好处的。广义神话的概念其实并不复杂，也无奥义，只不过是要求大家开拓视野，用发展的眼光更全面地考察、研究中国神话罢了。这样一来，自然会因此而破除一些陈旧的观念，发现一些新鲜的东西，凡此种种，自不必赘言。

由于篇幅所限，原打算单纯编写故事就算了的，后来和编辑部同志商议，大家认为为了加深读者对神话的理解，还须将“说原委、叙故事”二者结合起来进行才好，因此又适当增添了“说原委”这一部分。这样一来，“叙故事”这一部分就受到一些影响，不能铺展开去叙写，只好采取浓缩的办法。其结果虽然增加了若干难度，却也获得了一些舍糟粕、取精华的效益。以“白蛇传”一节为例，冯梦龙《警世通言·白娘子永镇雷峰塔》是《白蛇传》故事最早的文字记载，全文一万八九千字，还没有包括后来戏曲、鼓词、唱本及民间传说中所描述的白蛇缘起、端午节雄黄酒、盗仙草、水漫金山、蟹和尚等重要情节。我在此节的编写中，除主要仍依据冯梦龙文而外，还把上述几个重要的情节都补充、加入了进去，但篇幅却只得冯文的三分之一，即六千二百字光景，可见是狠狠下了浓缩的功夫。但因此不免也有略嫌板滞、不够生动的地方，实在无法可想，不能两全其美。其他如“柳毅传书”一节，也有类似的情况，增加了一些内容，白话叙写的故事却和原来文言故事的字数大致相等，浓则浓矣，可惜还没有完全传达出原来文字的神采。只有“沉香救母”一节，因系用旧文删改，没有受到多少限制，放得开手，似乎比较神完气足一些。至于“钟馗捉鬼”和“和合二仙与刘海戏蟾”两节，则根据内容的需要，将“说原委、叙故事”二者融为一体，夹叙夹议，构成篇章，似乎也还不拘一格，别开生面，给本书添加了点新鲜的色彩。其余的我就不再多说，任凭读者去随心体会，给予批评好了。

注：本序言原系袁珂先生1991年为《中国文化集粹丛书》所写，此次出版经袁思成先生审订稍作修订。

壹 开天辟地

在人类历史的童年时期，便有各种各样的创世神话，流传在人类的口中。这些创世神话的内容，大体上可以分为天地的形成，人类的起源，某个氏族、部落或民族的起源，天象的来历，各种文化现象的起源五大类。其中天地的形成是创世神话的基本内容之一。在我国，有“盘古开天辟地”神话，便是著名的天地形成神话。这以后又有“女娲造人”和“女娲补天”神话，都是属于创世神话范围。现在把它们分别写在下面。

盘古开天辟地

很多很多年以前，当天和地还没有分开的时候，宇宙的景象，只是黑暗混沌的一团，好像一个大鸡蛋。

人类的老祖宗盘古，这个其大无比的巨人，就孕育在这黑暗混沌的大鸡蛋里。他在大鸡蛋里孕育着，成长着，呼呼地睡着觉，一直经过了一万八千年。

一天，他忽然醒了过来，睁开眼睛一看，啊呀，什么也看不见，看见的只是漆黑模糊的一片，闷得人怪心慌。

他觉得这种状况非常可恼，心里一生气，不知道从哪里抓过来一把大板斧，朝着眼前的黑暗混沌，狠狠用力一挥，只听得山崩地裂的一声——大鸡蛋忽然破裂开来，其中有些轻而清的东西，冉冉上升，变成了天；另外有些重而浊的东西，沉沉下降，变成了地。

天和地当中还有些地方粘连不断，盘古又去找来一把凿子，左手执凿，右手拿斧，或用板斧砍，或拿凿子凿。盘古就这么威风凛凛、气势磅礴地在那里一斧一凿辛勤地工作着，不久就把天和地完全划分开来。

天地分开以后，盘古怕它们还要合拢，就头顶天，足踏地，站在天地的当中，随着它们的变化而变化。

天每天升高一丈，地每天加厚一丈，盘古的身子也每天随着增长。这样又过了一万八千年，天升得极高了，地变得极厚了，盘古的身子也长得极长了。

盘古的身子究竟有多长呢？有人推算，说是有九万里那么长。这巍峨的巨人，像一根长柱子似的，直挺挺地撑在天和地的当中，不让它们有重归于黑暗混沌的机会。

他孤独地站在那里，天天做着这种辛苦的工作。不知道又经过了多少年，天和地的构造似乎已经相当巩固了，他不必再担心它们会合在一起了，他实在也需要休息休息了。终于，他也和我们人类一样，倒下来死去了。

他临死的时候，周身突然发生了大的变化：他口里呼出的气变成了风和云，他的声音变成了轰隆的雷霆，他的左眼变成了太阳，右眼变成了月亮，他的手足和身躯变成了大地的四极和五方的名山，他的血液变成了江河，他的筋脉变成了道路，他的肌肉变成了田土，他的头发和胡须变成了天上的星星，他的皮肤和汗毛变成了花草树木，他的牙齿、骨头、骨髓等，也都变成了闪光的金属、坚硬的石头、圆亮的珍珠和温润的玉石，就是那最没用处的身上出的汗，也变成了雨露和甘霖。总之，人类的老祖宗盘古，用了他整个死后的身躯来使这新诞生的世界丰富而美丽。

女娲造人

天地开辟以后，天上有了太阳、月亮和星星，地上有了山川草木，甚至有了鸟兽虫鱼，可是单单没有人类，这世间，无论怎样说吧，总不免显得有些荒凉寂寞。

不知道在什么时候，出现了一个神通广大的女神，叫作女娲。据说，她一天当中能够变化七十次。有一天，大神女娲行走在这片莽莽榛榛的原野上，看着周围的景象，感到非常孤独。她觉得在这天地之间，应该添一点什么东西进去，让它生气蓬勃起来才好。

添一点什么东西进去呢?

走呀走的，她走得有些疲倦了，偶然在一个池子旁边蹲下来。澄澈的池水照见了她的面容和身影：她笑，池水里的影子也向着她笑；她假装生气，池水里的影子也向着她生气。她忽然灵机一动：世间各种各样的生物都有了，单单没有像自己一样的生物，那么为什么不创造一种像自己的生物来加入世间呢?

想着，她就顺手从池边掘出一团黄泥，掺和了水，在手里揉团着，

揉团着，揉团成了第一个娃娃样的小东西。

她把这个小东西放到地面上。说也奇怪，这个泥捏的小家伙，刚一接触地面，马上就活了起来，并且一开口就喊：

“妈妈！”

接着便是一阵兴高采烈的跳跃和欢呼，表示他获得生命的欢乐。

女娲看着她亲手创造的这个聪明美丽的生灵，又听见“妈妈”的喊声，不由得满心欢喜，眉开眼笑。

她给她心爱的孩子取了一个名字，叫作“人”。

人的身体虽然渺小，但据说是神创造的，相貌和举动也有些像神，能够直立行走，和飞的鸟、爬的兽都不相同，看起来似乎有一种管理宇宙的非凡的气概。

女娲对于她这优美的作品，感到很满意。于是，她继续动手做她的工作，她用黄泥做了许多能说会走的可爱的小人儿。这些小人儿在她的周围跳跃欢呼，使她精神上有说不出的高兴和安慰。从此，她再也不感觉到孤独和寂寞了。

她工作着，工作着，一直工作到晚霞布满天空，星星和月亮射出幽光。夜深了，她只把头枕在山崖上，略睡一睡。第二天，天刚微明，她又赶紧起来继续工作。

她一心想让这些灵敏的小生灵布满大地。但是，大地毕竟太大了，她工作了许多年，还没有达到她的志愿，而她本人已经疲倦不堪了。

最后，她想出了一个绝妙的创造人类的方法。她从崖壁上拉下一条枯藤，伸入一个泥潭里，搅浑了浑黄的泥浆，向地面这么一挥洒，泥点溅落的地方，就出现了许多小小的叫着跳着的人儿，和先前用黄泥捏成的人儿一般无二。“妈妈、妈妈”的喊声，震响在周围。

用这种方法来进行工作，果然简单省事。藤条一挥，就有好些活的人类出现，大地上不久就布满了人类的踪迹。

大地上虽然有了人类，女娲的工作，却还没有终止。她又考虑着：人是要死亡的，死亡了一批再创造一批吗？未免太麻烦了。怎样能使他们继续生存下去呢？这却是一个难题。

后来她终于想出了一个办法：就是把那些小人儿分为男女，让男人和女人配合起来，让他们自己去创造后代，担负起养育婴儿的责任。这样，人类就世世代代绵延下来，并且一天比一天加多了。

女娲补天

女娲创造了人类之后，许多年来平静无事，人类一直过着快乐幸福的日子。

不料有一年，不知道出于什么缘故，也许是神国出了大乱子，要不，就是新开辟的天地还构造得不牢实，宇宙忽然发生了一场大变动。

看呀，半边天空坍塌下来，天上露出些丑陋的大窟窿，地面上也破裂成了纵一道横一道的黑黝黝的深坑。在这大变动中，山林燃起了熊熊的大火，洪水从地底喷涌出来，波浪滔天，使大地成了海洋。人类已经无法生存下去，同时又遭受到从山林的大火里逃窜出来的各种恶禽猛兽的残害——这日子是多么难过啊！

女娲看见她的孩子们遭遇这么可怕的大灾难，痛心极了。她没工夫去追究祸乱的成因，赶忙亲自动手，辛辛苦苦地来修补天地的残破。

这工作真是巨大而又艰难呀！可是女娲为了她心爱的孩子们的幸福，一点也不怕艰难和辛苦，勇敢地独自担负起了这个重担。

她先在大江大河里拣选了许多五色石子，架起一把火，把这些石子熔炼成胶糊状的液体，再拿这些胶糊状的溶液来把苍天上一个个丑陋的窟窿都填补好。仔细看虽然还有点不一样，远看去也就和原来的光景差不多了。

她怕补好的天空再坍塌，又杀了一只大乌龟斩下它的四只足，用来竖立在大地的四方，当作天柱，把人类头顶上的天空，像帐篷似的撑起来。柱子很结实，天空再也没有坍塌的危险了。

那时，中原一带，有一条凶恶的黑龙在鼓动洪水，兴风作浪，危害人民。女娲便去杀了这条黑龙，同时赶走各种恶禽猛兽，使人类不再受禽兽的残害。

接下来还有洪水的祸患没有平息。女娲便去把河边的芦苇烧成灰，堆积起来，堙塞住了滔天的洪水。

不知道因为什么宇宙发生的这场大灾祸，总算给女娲一手平息了；她的孩子们终于死里逃生，得到了拯救。

这时候，大地上又有了欣欣向荣的景象，春、夏、秋、冬四个季节，依着顺序去而复来，该热就热，该冷就冷，一点也不出乱子。恶禽猛兽死的早已经死了，不死的也渐渐变得性情驯善。原野里长满了天然食物，只要花点力气，就可以吃个饱。人类快乐地生活着，天真烂漫，无忧无虑。

女娲看见她的孩子们生活得很好，自己心里也很喜欢。据说，她又创造了一种叫作“笙簧”的乐器——这乐器是用葫芦做成的，里面插了十三支管子，形状像凤凰的尾巴，能吹出清扬悦耳的乐声。她把它当作礼品，送给她的孩子们。从此，人类的生活过得就更快乐了。

女娲补好天地，为人类做完了她能做的一切工作，终于也休息了下来。这休息，我们叫它作“死”；但女娲的死，却不是灭亡，而是也像盘古一样，转化作宇宙间的别的物事。在大荒的西方，有一处原野，叫作栗广之野，那里有十个神人，名叫女娲之肠，横断了道路，一字儿并排地站着，做守卫原野的工作——他们就是女娲的一条肠子变化成的。她的一条肠子还能化生作十个神人，我们就可以想见她的全身可能化生作多少令人惊奇的东西了。

贰 兄妹结婚

在女娲造人的神话中，又有女娲兄妹结婚创造人类和伏羲女娲兄妹逃避洪水结婚再造人类的神话。女娲兄妹结婚创造人类的神话是汉民族古代的神话。神话说——

汉族所传女娲兄妹结婚

上古宇宙初开的时候，有女娲兄妹两人，住在昆仑山上，那时天下还没有人类。他俩打算自相婚配，成为夫妻，又感到羞耻，难以出口。哥哥便带着妹妹一同登上昆仑山，在两座山头各烧一堆柴火，向天祝告道："老天要是让我俩做夫妻，就使柴火的烟子合拢来；若是不，就叫它散开。"说也奇怪，祝告刚毕，两处柴火的烟子居然合在一起了。做妹妹的女娲就跑到哥哥那里去，和哥哥同住，二人成了夫妻。天下人类就是由他俩繁衍下来的。

神话只是说“女娲兄妹”，没有提到伏羲。直到近代西南地区苗、瑶等少数民族中流传的洪水遗民、兄妹结婚神话，才将伏羲和女娲并提，认为他俩是再造人类的始祖。所以有的学者说洪水的情节是后来才附加上去的，是相当有理的。但正因有了这一附加，神话的内容才更丰富多彩了。现在就把流传在广西融县罗城瑶民中的一个兄妹结婚的神话简单写在下面——

瑶族所传洪水遗民兄妹结婚

天快要下大雨了，云密风急，雷声隆隆地吼过高空。小孩们都很惊怕，可是一般劳动者却还在外面工作，和平时一样，因为夏天常多雷雨，并不足怪。

有一个男子，正在屋子外面工作。他是天上雷公的亲兄弟，只因得罪了雷公，怕雷公前来报仇，就把平时积蓄在溪沟里的干青苔，用叉子叉了来铺在树皮盖的屋顶上，这样，就是大雨来了，也不怕把屋顶冲坏。

他的一对小儿女，都不过十多岁，正天真烂漫地在屋子外面玩耍，看爹爹工作。男子刚把青苔铺好，带着孩子走进屋子，大雨突然降下来了。父女三个急忙关上门窗，在温暖的小屋里享受家庭的快乐。

雨越下越大，风越吹越急，轰隆的雷声也越响越猛，好像是天上的雷公真个发了怒，要将大灾祸降临世间似的。

这时，男子仿佛预感大祸将要临头，便把早就做好的一只铁笼子抬出来，放在屋檐下面。他打开铁笼，手里拿了一把猎虎的叉子，勇敢地站在那里等候着。

天上的浓云墨黑，霹雳一个接着一个，随着闪电和一声山崩似的巨响，青脸雷公果然手执板斧，很快地从天上飞落下来，背上的肉翅扑扑地扇动着，眼睛里射出闪闪的凶光。不料刚落到屋顶，就被屋顶上的青苔滑了一跤，一个筋斗从屋檐口跌落到地上。屋檐下的勇士看见雷公跌落下来，急用虎叉向他叉去，一叉正中雷公腰间，便把雷公叉进铁笼，连笼子一起扛进屋子去。

“这下你可给我捉住了，看你还能做些什么？”

雷公垂头丧气，没话可说。

男子便叫孩子们前来看守雷公。孩子们起初见了奇形怪状的青脸雷公，都很惊怕，稍久一点，也就习惯了，不再害怕。

第二天早晨，男子到集市上去买香料，准备把雷公杀了，腌起来，做下饭菜。临走时，他嘱咐他的孩子们说：

“记住，千万不要给他水喝。”

男子走了，雷公在铁笼里假装呻吟，做出种种痛苦的模样。孩子们跑去看他，问他为什么呻吟。

“我口渴，”雷公说，“请给我一碗水喝。”

年龄较大的男孩子向雷公说：“爹爹走时说过，不准给你水喝。”

“一碗水不行，请给我一杯水好吧？”雷公又恳求，“——我实在口渴得很啊！”

男孩子还是拒绝，说：“不行，爹爹知道了要骂的。”

雷公仍然固执地哀恳：“那么，请把灶头上刷锅的刷把拿来，洒几滴水给我也好，我快渴死了啊！”说完，便闭上眼睛，张开嘴巴，在那里等待着。

年纪较小的女孩子，见雷公这般痛苦，自然动了少女的仁慈心肠，心想雷公被爹爹关在笼里，已经一天一夜，想喝点水都得不到，真是可怜！于是向哥哥说：“哥哥，我们试着给他几滴水喝吧。”哥哥心想，几滴水，量也没有什么妨害，就同意了。

兄妹俩来到厨房里，拿了刷锅的刷把，蘸了几滴水，滴在雷公口里。雷公得了水，非常欢喜，精神陡涨，向孩子们致谢道：“谢谢你们，请你们暂时离开这间屋子，我要出来了！”孩子们仓皇跑出门外，只听得震天塌地的一声巨响，雷公已经冲破铁笼，从屋子里面飞了出来。

雷公忙从嘴里拔下一颗牙齿，交给两个孩子，说：“赶快拿去种在土里，如果遭了灾难，可以藏在所结的果实当中。”说完就随着轰雷，飞上天去。孩子们望着天空，惊诧不已。

不久，买了香料准备腌吃雷公的爹爹回家来了，忽见铁笼已破，雷公已逃，大吃一惊。急忙找孩子们问清情由，预料大祸便要临头，也不去责备无知的儿女，赶紧备下材料，不分昼夜，打造一只铁船，准备应付危难。

两个小孩，也试着把雷公赠送的牙齿种在土中。说也奇怪，牙齿种下去不久，泥土里就冒出了新芽。新芽渐渐长大，一天当中，就开了花结了果子。第二天早晨再去一看，那果子已经长得很大，成为一个硕大无比的葫芦。兄妹俩回家拿了刀锯，打开葫芦的盖子一看，里面的景象真是吓人：密密排排地长满了无数牙齿。孩子们也不害怕，把牙齿都挖出来丢了。两人爬进去试试，葫芦的大小恰好容得下两个小孩藏身。他们便把葫芦拖到一个僻静处，妥善地安放着。

到了第三天，爹爹的铁船刚打造好，天气突然发生了猛烈的变化：四野刮起了狂风，暴雨从空中倾盆而下，地底下喷涌起洪水，像野马般地四处奔腾，淹没了丘陵，包围了高山，所有的田园庐舍、林木村镇，霎时间都化成一片沧海。

“孩子们，”风雨中爹爹喊道，“赶快躲避啊，雷公发洪水报仇来了啊！”

两个孩子连忙躲进葫芦里，爹爹也进了他自己打造的铁船，一家三口，随着高涨的洪水，在浪涛之上，东西漂流。

洪水愈涨愈高，已经高到天空。铁船里的勇士，在风雨和狂涛中，沉稳地驾着他的船，一直划到天门。他站在船头用手拍门，“嘭嘭”的声音震响了九重天空。

“快开门，让我进去！让我进去！”他站在门外不耐烦地喊道，用拳头把天门捶得更响。

门里的天神害怕了，急忙喝令水神：“赶快退水！”

水神遵令行事，顷刻之间，雨止风停，洪水退去，一落千丈，大地上依然现出干燥的土壤。

当洪水退落的时候，勇士随着他的铁船，从高空跌落下来，因为铁船坚硬，碰击在地面上，顿时撞得粉碎。可怜这个敢于和雷公作战，并且囚禁过雷公的无名勇士，也和他的铁船的命运一样，跌得粉身碎骨，死去了。

他的两个躲在葫芦里的儿女，却好好地活着。因为葫芦是柔软的，有弹性的，跌到地上，只不过跳了几跳。兄妹俩从葫芦里爬出来，并没有受到任何损伤。

经过这一场滔天的洪水，大地上所有的人都死光了，只留下这两个小孩子，是人类中唯一存活着的生命。他俩原本没有名字，因为是从葫芦里存活下来的，所以起名叫“伏羲”。“伏羲”就是“葫芦”的意思；男的就叫伏羲哥，女的就叫伏羲妹，也就是葫芦哥哥、葫芦妹妹的意思。

女娲，实在便可以称为“女葫芦”。

大地上的人类虽然绝灭了，这一对勇敢的少年，却靠了他们的勤劳和智慧，仍然快乐无忧地生活着。那时天空和地面相距不远，天门常开着，兄妹俩常常手挽着手，沿着天梯攀登到天庭去游玩。

时光荏苒，他们都已长大成人，哥哥便想和妹妹结婚。可是妹妹说：“这怎么可以呢，我们是亲兄妹呀！”妹妹经不起哥哥再三恳求，不能推拒，便向哥哥说：“你试追我，如果能够追到，就答应和你结婚。”

于是兄妹俩便绕着一棵大树，追赶起来。妹妹机灵敏捷，哥哥追了好久，总是追不到。哥哥心生一计，追着追着，忽然转过身来，这样，气喘吁吁的妹妹，没有防备就迎面投入了哥哥的怀抱。于是，他们结婚做了夫妻。

没有多久，女的生下一个肉球。夫妇俩觉得奇怪，便把这肉球切成细小的碎块，用一张纸包了起来，又带着它攀登天梯，到天庭去游玩。哪知刚刚升到半空，忽然一阵大风吹来，纸包破裂，细碎的肉球四散飞扬，落到大地上，都变成了人。落在树叶上的，便姓叶；落在木头上的，便姓木；落到什么地方，便拿当地的东西的名称来做了姓氏。从此以后，世界上又有了人类；伏羲夫妇便成为再造人类的始祖。

在汉代的石刻画像和砖画中，常见有人首蛇身的伏羲和女娲的画像。这些画像里的伏羲和女娲，腰身以上通作人形，穿袍子，戴冠帽，腰身以下则是蛇躯（偶有作龙躯的），两条尾巴紧紧地亲密地缠绕着。两人的脸面，或正向，或背向。男的手里拿了曲尺，女的手里拿了圆规。或者是男的手捧太阳，太阳里面有一只金乌；女的手捧月亮，月亮里面有一只蟾蜍。有的画像还饰以云景，空中有生翅膀的人首蛇身的天使们在翱翔。有的画像更在中间绘一天真烂漫的小儿，双足卷走，手拉两人的衣袖，给我们呈现了一幅非常美妙的家庭行乐图——由此可见伏羲女娲兄妹结婚创造人类的神话传说是由来已久的了。它反映了原始社会前期血缘婚姻的真实面貌，“蛇身”或许便是他们所属部族的图腾标志。

叁 创造发明

在我国古代神话传说的长河中，有相当大一部分是记叙神或英雄以及他们的子孙的创造发明的。这些文化英雄所做的文化活动，一般也属于创世神话的范围。不过大都记叙简略，几乎没有什么故事可言。前面所说的女娲和伏羲两人，他们既是开辟大神，同时又兼了文化英雄的角色。“女娲做笙簧”，就是一切创造发明的开端。至于伏羲，传说他在文物方面的制作更多，首先是传说他曾经坐在方坛之上，听了八方的风气，于是画出八卦来，用☰（干——天）、☷（坤——地）、☳（震——雷）、☵（坎——水）、☶（艮——山）、☴（巽——风）、☲（离——火）、☱（兑——泽）八种符号来代表天地间的万事万物；又传说他看见蜘蛛结网，于是将绳索编织起来成为网罟，用以捕鱼猎兽；又说他曾经制造了瑟这种乐器，还创作了《驾辩》这样的乐曲，等等。以后还有做车的奚仲，做衣裳的伯余，做杵臼的雍父，做弓矢的挥和牟夷，做服牛的王亥，做乘马的相土，做“下民百巧”的义均，穿井的伯益……这样一大批对人类文化事业有重大贡献的文化英雄的创造发明，可惜都只有简单事迹的介绍，而无故事的叙写。现在就把略有故事可说的燧人、仓颉、神农和宁封几个人的神话传说大概叙写如下——

燧人钻木取火

上古时候，在北方荒远的地方，有一个国家，叫遂明国。这个国家，是太阳和月亮的光辉都照射不到的地方，不见天日，不识昼夜。在这个国家里，有一棵大树，名叫“遂木”，这树真是大得非常，它的树根和枝叶盘屈起来，竟占了一万顷的地面。

后世有一个智慧聪明的人，漫游天下，走得极远极远，远到连太阳和月亮都看不见了，于是来到遂明国这个国度，在盘屈万顷的遂木下暂作休息。论理说呢，遂明国本来已经是一个暗无天日的国度了，大树林里想必更是黝黯，哪知道光景并不是这样。只见树林里到处闪动着美丽的火光，像珍珠和宝石的光辉那样灿烂，照耀得四下里明明亮亮。终年不见天日的遂明国的人民，就在这一片灿烂的火光中，劳动和休息，吃饭和睡觉。

这个智慧聪明的人，觉得奇怪，就去考察火光的来源。原来是一些形状像鹗的长脚爪、黑背脊、白肚子的大鸟，正用它们短而硬的嘴壳去啄那树干（想来是吃树干上的虫子吧），在这一啄的瞬间，就有灿然的火光发出。聪明智慧的人见了这种景象，脑筋里马上领悟到了取火的方法，于是把遂木的枝条攀折些下来，用小枝去钻那大枝。可惜用这种树枝钻出的火，只有火光，并无火焰。后来他又改用别的树枝试钻，虽然比用遂木钻火要费劲些，然而钻了一会，终于先冒烟，后出火，树枝燃烧起来，得到了真正的火。

他回到自己的国家里，就把钻木取火的方法教给人民，这一来就扩大了火的用途，人们要火就可以有火，不必去等待那天然的雷火，也不必常年四季守着火堆唯恐它一旦熄灭了。人们感念这钻木取火方法的发明者，因此把他叫作燧人，燧人就是“取火者”的意思。

仓颉造字

创造发明文字的仓颉，有说他是黄帝的史官，有说他是黄帝以前的古帝皇，这都不必去管它了。传说他长有一张龙样的威严的脸，四只眼睛闪射出聪明睿智的灵光。他生下来就能书写，少年时便穷究天地的变化，抬头观看奎星曲屈相钩的格局，低头考察乌龟背上的斑纹、鸟雀羽毛的纹理，以及山川的形势，等等，用指头在自己的手掌上暗中随时摹画，于是创造发明出惊天动地的文字来。

神农尝药鞭药

太阳神炎帝是极慈爱的大神，当他出现在世间的时候，大地上的人类已经生育繁多，自然界出产的食物不够吃了，慈爱的炎帝教人类怎样播种五谷，用劳力去换取生活的资料。那时候，人类共同劳作，互相帮助，没有奴隶，没有主人，收获的果实大家均分，感情像弟兄姊妹般的亲切。炎帝又叫太阳发出足够的光和热来，使五谷孕育成长。从此，人类不愁衣食。大家感念他的功德，便称他作“神农”。传说他是牛的头，人的身子。这大约因为他在农业上也像几千年来帮助我们耕种的牛一样，特别有贡献吧。

这太阳神兼农业之神的炎帝，当他教导人们播种五谷的时候，天空中忽然纷纷落下许多谷种。他把这些谷种收拢来，播种在开垦过的田土上，以后才有了供人们食用的五谷。

炎帝不但是农业之神，同时又是医药之神。因为太阳是健康的源泉，所以和医药也有关系。

他曾经用一条神鞭——“赭鞭”，来鞭打各种各样的药草，这些药草经过赭鞭的鞭打，不管有毒无毒，或寒或热，各种性质自然呈露出来。他就根据这些药草的不同赋性，给人们治病。

又说他为了辨别各种药草的性质，曾经亲自去尝药，一天当中就中过十二次毒。由于他的身体是透明的，从外面就能看到体内的肺肝五脏，所以虽然尝药中毒，还是能够预先知道在哪个部位中毒，并能找到解救的药方。

但也有民间传说说，神农皇帝尝百草，最后尝到一种有剧毒的断肠草，终于肠子断烂，无药可解，为人类牺牲了生命。

更有这样一种说法，说神农尝药时，尝到一种百足虫，这虫一钻进他的肚子，一只脚能变成一条虫，以至千变万化，成了数不清的百足虫，因而杀死了他。

不管传说怎样不同，大神炎帝为人类效忠的精神，总是令人难忘的。

宁封烧陶火化登仙

宁封子是黄帝时代有名的仙人，传说他做过黄帝的陶官——就是管理制作陶器的官。他烧陶时，曾经有异人来到他那里，为他掌管炉灶的火，能够发生五色的烟焰。久而久之，宁封子就从异人手中学到了仙人登仙必具的作火法。异人走后，宁封子就架起一堆柴火，跳进柴火堆里，把自己焚烧起来，身子随着烟气上下升腾。柴火烧尽，从灰堆中，还可看见他剩下的骨殖。宁封子就这样火化登仙了。

这是古代关于宁封子的神话传说。现代的传说，则稍微有些两样。现代四川省都江堰市的传说说，青城山建福宫后面有座山，叫丈人山（即青城山的主峰），传说是轩辕黄帝问道于宁封的地方。宁封因封于宁山，故名宁封。那时洪水泛滥，人民住在洞穴里。每到山下取水，没有取水之物，便拿山下润湿的泥土做器皿，虽然权且可以充用，却是容易破碎。后来偶然烧野兽吃，宁封从火堆中得到坚硬的泥块，便悟出制作陶器的道理，所以传说他做了黄帝的陶官。某次架火烧陶，宁封上窑顶添柴火，那知窑烧空了，窑顶柴忽然塌下，宁封便葬身火窟。人们见灰烟中有宁封的形影，并且随着烟气，冉冉上升，便说宁封火化登仙了。后一个传说似乎更有意思些。

肆 填海追日

大神炎帝，他的子孙繁茂，裔属众多，其中最有名的两个：一个是炎帝的小女儿死后变鸟填海的精卫；另一个是作为炎帝的裔孙为了追日道渴而死的夸父。他俩都最能代表炎帝的那种博大坚忍、奋斗不息的精神。现在就把他们悲壮感人的事迹分别写在下面——

精卫填海

太阳神炎帝的小女儿名叫女娃，是他最钟爱的女儿。有一天，女娃驾着一只小船，到东海去游玩，不幸海上起了风涛，像山一样的海浪把小船打翻，女娃就淹死在海里，永远回不来了。炎帝固然痛念他的女儿，却不能用医药来让他的女儿死而复生，只好独自悲伤罢了。

女娃不甘心死去，她的灵魂变作一只小鸟，名叫“精卫”。精卫长着花脑袋、白嘴壳、红足爪，形状有点像乌鸦，住在北方的发鸠山上。

她恨无情的大海夺去自己年轻的生命，因此常从发鸠山衔一粒小石子，或是一段小树枝，展翅高飞，一直飞到东海。她在波涛汹涌的海面上回翔着，游弋着，把石子或树枝从高空投下去，想把大海填平。

大海奔腾咆哮，露出雪亮亮的牙齿，凶恶地嘲笑她：

“算了吧，小鸟儿，你这工作就算能干上一百万年，也休想把大海填平！”

精卫在高空答复大海：

“哪怕是干上一千万年、一万万年，干到宇宙的终尽、世界的末日，我也要把你填平！”

“你为什么恨我这样深呢？”

“因为你夺去我年轻的生命，将来还有许多年轻无辜的生命，会被你夺去。”

“傻鸟儿，那么你就干吧——干吧！”大海哈哈地大笑着。

精卫在高空悲啸着：

“我要干的！我要干的！我要永无休止地干下去！你这叫人愤恨的大海啊，总有一天我会把你填成平地！”

她飞翔着，啸叫着，离开大海，又飞回发鸠山去，把山上的石子和树枝衔来投进大海。她往复飞翔，从不休息，直到今天，还在做着这种工作。

后来民间传说，说是这种鸟住在海边，和海燕结成配偶，生下的孩子，雌的便像精卫，雄的便像海燕。至今东海还有精卫誓水的地方，因为曾经淹死在那里，发誓不喝那里的水，所以又叫“誓鸟”或“志鸟”，也叫“冤禽”，一般老百姓又叫她作“帝女雀”。

夸父追日

夸父是炎帝的裔孙，原是一个巨人部族的总的名称。他们住在北方大荒中一座叫作“成都载天”的山上，一个个都是身材高大的巨人，力气极大，耳朵上挂两条黄蛇，手里把握两条黄蛇，模样看来虽然狞猛，性情却比较和平善良。有一天，一个傻气的夸父族人忽然生发一种奇想，因而做了一件惊天动地的悲壮的事情。

他看见原野上西斜的太阳，忽然想道：太阳落下地去，黑夜便要来临，我不喜欢黑夜，我喜欢光明，我要去追赶太阳，将它捉住。

想着想着，他就果然提起长腿，迈开大步，向着西斜的太阳追去。追呀，追呀，夸父在原野上奔跑，快得像一阵风，瞬息间便已经超越千里，一直把太阳追到了禺谷。

禺谷，就是虞渊，是太阳落下的地方。一团极大的红亮的火球就在他的面前。夸父已经完全处在这片大的光明的包围中了，他欢喜无尽地举起双手来，想把这个大红球捉住。

就在这时，他忽然感到一种极其烦躁的口渴，使他简直难以忍受。这当然并不奇怪，因为他被炎热的太阳烤炙着，又奔跑了老半天，实在疲倦极了。

他只得暂时放下了想要追捕的太阳，伏下身子来，去喝黄河、渭水里的水。经他咕嘟嘟地这么一喝，霎时间两条大河的水都给他喝干了，可是那烦躁而难受的口渴还是没有止住。

他再向北方跑去，想去喝大泽里的水。那大泽，又叫“瀚海”，在雁门山的北边，是鸟雀们孳生幼儿和更换羽毛的地方，纵横有千里宽广。这倒是一处好水泉，可以给寻求光明的巨人解除口渴。可惜他还没有到达目的地，就在中途渴死了。

他颓然地像一座山一样倒了下来，大地和山河都因这巨人的倒下而发出轰然的震响。这时太阳正向虞渊落去，把最后的几缕金色的光辉涂抹在夸父的脸颊上。夸父遗憾地看着西沉的太阳，“唉——”地长叹了一声，便把手里拄的拐杖奋力往前一抛，闭上眼睛长眠了。

第二天早晨，当太阳又从东方升起，用它金色的光芒来普照大地的时候，便发现昨天倒毙在原野上的夸父，已经变成一座大山；山的北边，有一片绿叶茂密、鲜果累累的桃林，那就是夸父抛出去的手杖变成的。他把这些滋味鲜美的果子，遗赠给后来追寻光明的人们解除口渴，使他们一个个精神百倍，奋勇前行。

伍 黄炎战争

黄帝与炎帝

比炎帝稍后一点，又出现了一个大神，就是黄帝。黄帝，据说是炎帝的同母异父兄弟，他和炎帝各自管领着宇宙的一半。不知道为什么，神国忽然不平静，发生了内乱。黄帝便统率着神兵神将，驱赶着老虎、豺狼、豹子、人熊、狗熊等野兽做先锋，拿天上飞的鹰呀，鸢呀，鹏呀，鹖呀等猛禽做旌旗，和炎帝的军队在阪泉之野狠狠打了几仗。结果，年富力强、勇武和谋略兼具的黄帝胜利了，他于是做了宇宙的最高统治者，也就是说，做了中央天帝。而年老力弱的炎帝，便只好退避到南方去，做了南方的天帝。

黄帝与蚩尤

为了庆祝战争的胜利，黄帝便在西泰山会合天下的鬼神。那时候，庄严的黄帝坐在大象挽的宝车中，一只足的毕方鸟做他的侍卫，六条蛟龙盘曲腾跃护卫在宝车的两旁，凤凰在天空飞舞，腾蛇——一种生翅膀的神蛇——在地面伏窜，风伯和雨师在前面洒布和风细雨，各种各样奇形怪状的鬼神，都闹哄哄地跟随在黄帝的车子后面。

更壮观的是，黄帝还派遣新俘虏过来：做了臣属的炎帝的后裔蚩尤，走在队伍的最前面，替他开路。

这蚩尤，原是南方一个巨人部族的首领，他有弟兄共八十一个，一个个都是身长数丈，铜头铁额，猛勇无比。他们头上都生有两只坚利的角，耳朵两旁的毛发竖立起来，好像剑戟，四只眼睛，六只手，两只像牛一样的脚。

蚩尤弟兄不但形状奇怪，他们吃的东西也和别人不同。他们拿沙子、石头、铁块来作家常便饭。他们又善于制造各种兵器：锋锐的矛、尖利的戟、巨大的斧、坚固的盾、轻捷的弓箭，等等。此外，他们还具有超人的神力。

蚩尤随着炎帝出征，阪泉兵败，炎帝退到南方，蚩尤被俘，在黄帝驾下做了一名随从。后来终于找了一个空子，从黄帝那里逃跑出来，回到炎帝的所在地去，劝炎帝重振军旅，再和黄帝一决高下，雪耻复仇。

炎帝毕竟年老力衰了，宁愿安分守己地做小小一方天帝，再也没有雄心大志去冒险，和黄帝争什么高下。蚩尤见炎帝懦弱无能，决心自己动手来干。于是去发动他那八十一个早已经在那里摩拳擦掌、等候报仇的弟兄，又去发动南方的苗民。苗民本是黄帝的苗裔，只因黄帝歧视他们，没有将他们和也是黄帝苗裔的下方其他民族等同看待，大家怀恨在心，都赞同蚩尤的计划，愿意在蚩尤的统领下，一齐去推翻黄帝的宝座。

除此而外，南方山林水泽间的魑魅魍魉等鬼怪，怨恨黄帝手下两个鬼头子神荼、郁垒管制他们太严，也都闻风兴起，加入蚩尤的战团。

蚩尤便统率着大军，打了炎帝的旗号，浩浩荡荡，从南方杀到北方来。

正在昆仑、悬圃宫苑里悠游自得，过太平日子的黄帝，忽然听说蚩尤出动了大兵，要来和他争宝座了，这时他该是多么的惊慌和震怒啊！据古书上说，他先还想用仁义去感化蚩尤，可是顽强固执的蚩尤却不受他仁义的感化，终于他也只好用战争来对付战争了。

他们主要的战场还是在先前黄炎军队曾经作过战的阪泉附近的涿鹿。

战争是猛烈无比的，双方可说是棋逢对手。刚开始时，果然表现出蚩尤这方面军队的强悍。黄帝虽然有一大群野兽冲锋陷阵，又有四方的鬼神来帮他的忙，终究也还不是蚩尤的对手，所以接连吃了好几个败仗，情况相当狼狈。

有一次，当双方的军队在原野上战斗正酣的时候，蚩尤不知道弄了一种什么魔法，造起了漫天的大雾来，把黄帝和他的军队团团围困在核心。一个个铜头铁额、头上生角的蚩尤兄弟在大雾中出没，逢人乱砍乱杀，只杀得黄帝这方面的军队虎窜狼奔、马嘶人吼。我们可以想见这是一场多么惨烈的战争！后来幸亏黄帝手下有个名叫风后的臣僚，在匆促中运用鬼斧神工的能耐，效法北斗星运转的功能，制造了一辆名叫“指南车”的车子，这车子前面有一个铁制的小仙人，伸出手臂，正指向南方，靠了这辆车子的引导，黄帝才统率着他的军队，冲出大雾的重围。

蚩尤又驱遣跟随他的魑魅魍魉前去和黄帝作对。这些鬼怪都有一种发出怪声来迷惑人的本领，黄帝的兵士被迷惑去的不知多少，这对战争的形势很是不利。后来黄帝打听到一切魔怪最怕龙的声音，于是便叫兵士们从牛羊角做的军号中吹出低沉的龙吟一般的声音。这种声音回环婉转，响彻战场，蚩尤统领的妖魔鬼怪们，听了这种声音，一个个都周身胆寒，如痴似醉，再也不能兴妖作怪了。黄帝的军队便拥上前去，打了一个小小的胜仗。

黄帝有一条神龙，名叫应龙，应龙生有一对翅膀，住在凶犁土丘山的南端，善蓄水行雨。黄帝便叫应龙上阵去攻打蚩尤。哪知蚩尤比应龙更厉害，应龙蓄水的架势还没有摆好，蚩尤早搬请了风伯雨师来，煽起一场大风雨，使应龙犹如小巫见了大巫，简直没法施展他的本领。黄帝只得又叫他的女儿上阵助战。

黄帝的这个女儿，名叫“魃”，住在系昆山的共工之台上，常穿一件青衣服，模样并不漂亮，据说还是秃头。但她的身体里却装满了大量的炎热，其热度恐怕远超过我们现在的熔铁炉。她走到战场上，说也奇怪，刹那间狂暴的风雨消逝得无影无踪，天空中又是红日当头，炎热得比下雨以前还厉害。蚩尤弟兄个个惊惶诧异。应龙便趁此机会扑杀前去，结果成绩不坏，杀死了几个蚩尤弟兄。

但是可怜的天女魃，帮助她父亲完成这件功业之后，大约因为用的力量太多，或者受了邪魔的沾染，从此她就只能住在地上，再也不能上天了。她居留的地方，总是旱云千里，滴雨全无。人民受她的灾害极大，都非常痛恨她，叫她作“旱魃”。常常总要想法驱逐她，她就这样被人们赶来赶去，到处都不受欢迎。

蚩尤又有飞腾天空或在险峻的山岭上行走的本领，虽然在战阵上折损了几个弟兄，但还有剩下的一大群人，所以仍然声势浩大。黄帝对于这批凶恶的叛徒，还是愁着没有办法；而且他这边军队的士气又渐渐低落了，也使他不能不暗中忧虑。

后来他终于想出了一个妙法，这妙法就是用一种特别的材料，制造一面特别的军鼓，来振作士气，制胜敌人。

原来东海的流波山上，有一只叫作“夔”的野兽，形状像牛却没有角，苍灰色的身子，足只有一只，能够自由地进出海水之中，每当它进出的时候，必定伴随着大风大雨，而且身上发出一种闪闪的像日月般的光辉，同时大张着口吼叫，声音好像打雷。这种一足怪兽古时越国的人又叫它作“山猱”，说它有一张人的脸，猴子的身子，而且会说人话，大概是传闻不同的缘故。总之，它不幸被黄帝看中了，黄帝便派人去将它捉了来，剥了它的皮，将这皮晾干制成一面鼓。

军鼓有了，还差一个鼓槌。黄帝又打主意到雷泽中雷神的身上。这雷神，又叫“雷兽”，是一个龙身人头的怪物，常无忧无虑地拍打着自己的肚子，在那里玩耍；每拍一下，就放出一个响雷。黄帝也派人去逮捕了他来，不由分说，将他杀了，从他身体内抽出一根最大的骨头，当作鼓槌。

军鼓有了，鼓槌也有了，黄帝就用雷神骨头做的鼓槌，来敲打夔牛皮制的军鼓，两件响东西碰在了一起，发出的声音竟比打雷还响，据说五百里以外也能听见。

这面军鼓被搬到战阵上，一连擂了九通，果然山鸣谷应，天地变色。黄帝这边军威大振，却吓得蚩尤们魂丧魄落，不能飞也不能走了，黄帝的军队就在震耳的鼓声中追杀上去，打了一个大大的胜仗，擒杀了好些蚩尤弟兄。

黄帝与夸父

这一次蚩尤的失败，损失相当严重，检点剩下的人众，已经不到半数，要不投降，就只有全被歼灭，所以大家心里都很恐慌。有人提议去请北方的巨人族夸父前来帮忙，这提议马上就被多数人赞同了。

夸父族人也是炎帝的子孙后代，他们直接的祖父便是大神后土。后土是幽冥世界即幽都的统治者。幽都在北海，那里有黑鸟、黑蛇、黑豹、黑虎、黑狐，连人都是黑的。看守幽都大门的是巨人土伯，他长着老虎的头，额上有三只眼睛，腆着牛样的庞大的肚子，摇晃着一对坚利的角，张开涂满血污的手指，逐赶着幽都里的鬼魂。这景象多么令人可怕，我们可以想象那幽都之王后土的威严是如何了。

蚩尤族的人来见了夸父族的人，说出要请他们帮忙的意思。一部分夸父族人表示对于这种战争没有兴趣，另一部分人却认为为战败的老祖宗报仇，乃是义不容辞的事。于是，大多数人就卷进这场战争的旋涡里去了。

蚩尤得了夸父族人的帮助，声势一下子重新整顿起来，像火堆里添了柴，老虎添了翅膀一样，又和黄帝的军队成了势均力敌、相持不下的局面。后来幸亏有一个人头鸟身的妇人，名叫“玄女”，是天上得道的女仙。她来见黄帝，传授给他兵法。黄帝得了玄女的传授，从此行军布阵，变化不可捉摸。蚩尤和夸父族人虽然凶猛，但他们仗恃的只是力气，究竟不能抵敌黄帝的谋略，所以终于还是他们失败。在最后一场战争中，残破的蚩尤和夸父的队伍，便落入了黄帝军队的重重包围。这时候战阵上应龙大显神威：他翱翔天空，嗄嗄地怪叫，杀死一个个跑不走的蚩尤族人，又杀死许多作为帮凶的夸父族人。黄帝的军队合围上来，那个“力拔山、气盖世”的铜头铁额的蚩尤首领，就被生擒活捉住了。

但是建立了这么大的功勋的可怜的应龙，也和天女魃一样，受了邪气的熏染，再也上不了天了，他的主人似乎也像忘记自己的女儿一样将他忘记了。他从此只好悄悄地去到南方的山泽里居住，所以至今南方多雨。

蚩尤首领被活捉住，像这种万恶的元凶，黄帝当然不会宽恕他的，所以马上就在涿鹿将他杀掉，杀他的时候怕他逃跑，还不敢把他手脚上的枷铐马上除去。直到已经将他杀死了，才从他身上摘下血染的枷铐，抛掷在大荒之中。这枷铐登时化作一片枫林，每一片树叶的颜色都是鲜红的，那便是蚩尤枷铐上的斑斑血迹，直到现在还在诉说着他的冤恨。

黄帝与刑天

蚩尤之后，和黄帝争那上帝宝座的，刑天也应该算是一个。他本是太阳神炎帝的臣子，生平爱好音乐，当炎帝统治宇宙的时候，他还替炎帝作过“扶犁”的乐曲，写过“丰年”的诗歌，热情地歌颂过当时人民过的幸福生活。这个巨人，本来没有名字，由于被黄帝砍掉了脑袋，人们才叫他作“刑天”的：“刑天”，就是“断头”的意思。关于他怎样起来为炎帝复仇的详细经过我们现在已经不大清楚了，只知道他和黄帝战斗，被砍掉脑袋后，黄帝就将他的脑袋埋藏在炎帝诞生地以西的常羊山。这个无头的刑天，于是愤怒地用他的两乳来当作眼睛，用他的肚脐来当作嘴巴，仍旧左手拿盾牌，右手拿大板斧，在那里挥舞不息。

黄炎战争的余波，就在断头刑天的盾斧挥舞中，以黄胜炎败的结局大体上定下来了。

陆 蚕马

黄帝战胜蚩尤，又斩断刑天的脑袋之后，觉得天下从此太平，再也没有人敢来夺取他天帝的宝座了，心里一高兴，就叫人作了一部雄壮威武的庆功乐曲，名叫《桐鼓曲》。这乐曲共分为十章，有“雷震惊”“猛虎骇”“灵夔吼”“鹏鹗争”等。演奏时还配以“桐鼓”这种宴会宾客时特制的大鼓，更显得气概不凡。在这一片咚咚的鼓声里，胜利的战士们唱着凯歌，跳着种种杀敌姿态的舞蹈，黄帝坐在昆仑山华美的殿堂上听乐观舞，享受着从四面八方来的天地鬼神的祝贺，一时踌躇满志，高兴非凡。

正在作乐庆功、皆大欢喜的时候，忽然从天空降下一个披着马皮的蚕神，手里捧了两绞丝，一绞颜色黄得像金子，一绞颜色白得像白银，前来献给黄帝，更使黄帝的庆功会犹如锦上添花，从此人间有了蚕丝织造之功。

这个披着马皮的蚕神，原是一个容貌姣好的姑娘。她为什么披着马皮，化身为蚕，做了蚕神呢？原来有这么一个民间传说的故事——

蚕神献丝

上古时候，有一个男子出门远行，在外面很久没有回家。他家里没有别人，只有一个小女儿和一匹公马，这匹马就由小女儿喂养着。小女儿在家里很是寂寞，常常想念父亲。有一天，她半开玩笑地向拴在马房里的马说道：

“马啊，如果你能够去把我的父亲迎接回来，我一定嫁给你做妻子。”

那马一听这话，就跳跃起来，拉断缰绳，从马房里跳出去，跑出院子。跑了不知道几天几夜，来到小姑娘父亲住的地方。父亲见是自家的马，从千里外的故乡跑来，又是惊异，又是欢喜。正用手去拍抚马的颈脖，那马却是作怪，只是瞧着它来的方向，伸长了颈子，嘶叫个不停。父亲心里暗想：这马远远地从家里跑来，就做出这种奇怪的模样，莫非我家中出了什么事情？于是一刻也不停留，赶紧抓住马的鬣毛，翻身骑上马背，一直跑回家去。

回到家里，女儿才向父亲说明：家里并没有发生什么事故，只是想念父亲罢了。

父亲没说话，便在家里住下来。想到马这么通人性，待它更是比往常不同，总是拿上等的饲料来喂养它。可是马对着拿来喂它的丰美的食物，不大肯吃，而每每见了小姑娘从院子大门进出，却是神情异常，又叫又跳，非止一遭。

父亲觉察到这种光景，心里奇怪，便暗地问他的女儿：“你说说，那马见了你为什么又跳又叫呢？”

女儿知道隐瞒不住，只得老老实实地把那次和马开玩笑的话告诉父亲。

父亲一听就板着脸孔向女儿说："唉，真是糗死了！——别说出去，最近几天连你也不许走出院子的大门！"

父亲虽然爱马，可是绝不能够让马来做他的女婿。

为了省得那马长期作怪，父亲就埋伏了弓箭，亲自将马射死在马房里，然后剥下它的皮，将皮晾在院子里。

少女化蚕

一天，父亲因为有事出门去了，小姑娘和邻家的姑娘同在院子里马皮的旁边玩耍。小姑娘一见那马皮，心里生气，就用脚去踢它，边踢边骂：

"你这个畜牲，还想讨人家做你的妻子哩！现在给剥下皮来，真是活该，看你还……"

话还没有说完，那马皮突然从地上跳跃起来，包裹了小姑娘就朝院子门外跑去，风样地旋转着，顷刻间就消失在原野的远方。女伴们一见这种情景，骇得手忙脚乱，又惊又怕，谁也没有办法去救她。一直等到她父亲回来，才告诉了她的父亲。

父亲听了女伴们的话，非常惊诧，到附近各处去找了一遍，全无踪影。几天以后，才在一棵大树的枝叶间，发现了他那全身包裹着马皮的女儿，已经变成一条蠕蠕而动的虫样的生物，慢慢地摇摆着她那马样的头，从嘴里吐出一条白而闪光的长长的细丝来，缠绕在树枝的四面。好奇的人们纷纷跑来观看，大家就把这吐丝的奇怪的生物叫作"蚕"，说它吐出丝来缠绕住自己；又把这树叫作“桑”，说有人在这树上丧失了年轻的生命。

这就是如今蚕的来源。小女儿后来做了蚕神，那马皮一直披在她的身上，和她做了永不分离的亲密的伴侣，人们因而把她称作“马头娘”。

盘瓠 柒

原始时代的人类，由于被求知欲望所驱使，大都喜欢用神话幻想来推寻事物的本源，这类神话，我们叫它作“推原神话”。像上一节讲的蚕马神话，借一个被马皮所裹而化身为蚕的姑娘的故事，来推寻蚕桑的来源；像本节要讲的盘瓠神话，借人兽结婚的奇离故事，来推寻某一个民族的来源，等等，便都属“推原神话”。当然，盘瓠神话，又关涉始祖诞生和图腾信仰等神话，不仅仅限于推原。不过推原神话的概念内涵是较广泛的，扩而言之，乃至天地开辟、人类及万物的由来，都莫不和推原神话有关。现在就把古书记载和现代民间流传的几个盘瓠神话综合起来，简单写在下面——

盘瓠杀敌立功

作为中央天帝的黄帝，他的子孙众多，子孙中有天神，有国族，有下方的人王。帝喾高辛氏就是黄帝子孙中第一个做了下方人王的。

高辛王当国的时候，大耳朵皇后忽然得了耳痛病，整整痛了三年，百般医治，始终没有效验。后来从耳朵里挑出一条金虫，大约有三寸长。虫一挑出来，皇后的耳痛病忽然一下子好了。

大耳朵皇后觉得奇怪，便把这条虫用瓠篱盛着，又用盘子盖着，并且亲自拿黑饭来喂它。

喂呀喂的，瓠篱里的虫忽然变作一只龙狗，冲开盘子，从瓠篱里跳出来，遍身锦绣，五色斑斓，毫光闪闪，从头到尾足长一丈二尺。因为是从盘子和瓠篱里变出来的，所以取名“盘瓠”。

高辛王见了这狗，非常欢喜，行坐随身，寸步不离。

那时忽有房王作乱，高辛王忧虑国家危亡，便向群臣说道：“若是有人能斩房王的头献来的，愿把公主嫁给他。”群臣看见房王兵强马壮，料难获胜，都不敢去冒这致命的危险。

话说这天，宫廷中忽然发现盘瓠不见了，大家都不知道这狗究竟跑到哪里去了，一连找了好几天，杳无踪影。高辛王深以为怪。

却说盘瓠离了宫廷，直向房王的军营奔去。房王的军营驻扎在海水的那边。盘瓠跑到海边，摇身一变，变作一条张牙舞爪、威风十足的龙，浮过奔腾的大海，跳上海岸，依旧变还原形。

盘瓠直到房王军中，见了房王，又是摇头，又是摆尾巴，哄得房王非常高兴。

“高辛氏怕快灭亡了吧，”房王向他左右的臣僚说，“连他的狗都跑来投奔我，看来我是当兴了。”

于是房王便大张宴会，为这条狗的投奔作乐志庆。那天晚上，欢乐的房王喝得沉沉大醉，睡在中军帐中。盘瓠趁此时机，猛地咬下房王的头，背在背上，奔回王宫。

一队追兵——各人手里拿着明晃晃的武器——在后面紧紧不舍地追赶前来。

盘瓠奔到大海边，忽地纵身一跃，又变作一条须髯奋张、甲光闪闪的龙，腾云驾雾，飞过了海涛澎湃的上空。追兵们只见眼前云雾阻隔，却不见盘瓠的踪影，只得垂头丧气地回去了。

公主与盘瓠结婚

高辛王那天坐朝，忽然看见爱犬衔了敌人的头跑回宫来，不禁大喜过望。便叫人收去人头，多拿些剁得细细的肉酱来喂它。哪知盘瓠只把鼻子向盆边嗅了嗅，呜呜地叫了两声，便走开了。从此它便闷恹恹地睡在屋角，不吃东西，也不活动，高辛王呼唤它也不起来。这么一连过了好儿天。

高辛王心里难过，想起先前许婚的诺言，便去朝堂上和群臣商议。群臣都说："盘瓠是畜牲，怎能拿公主嫁给它呢？"公主却启奏高辛王说："大王既然把许婚的事明白宣布，让天下的人都知道了，如今盘瓠杀敌有功，为国家除了大害，大王就该说话算数，实践诺言。要是为了爱惜一个女子微小的身躯，对天下的人丧失信用，那将会给国家带来无穷的祸患啊！"

高辛王虽然觉得公主的话说得不错，但总还是有些犹豫不决，便亲自去向盘瓠说：

"狗啊，你为什么既不吃东西，呼唤也不起来呢？莫不是想要得到公主为妻，恨我不践诺言吗？并不是我不践诺言，实在是狗和人不可以结婚的啊！”

盘瓠登时口吐人言，说道：“王啊，请不要忧虑，你只要将我罩在金钟里面，七天七夜，我就可以变成人。”

高辛王听了这话，深觉诧异；果然将盘瓠罩在金钟里面，看它怎么变化。一天、两天、三天过去了，没有什么动静；到第六天，期待结婚的多情的公主怕他饿死，悄悄打开金钟一看；盘瓠全身都变成了人，只留一个狗头没有来得及变，从此再也不能变了。

于是盘瓠从金钟里跳出来，披上大衣，公主则戴了狗头帽，他俩就在皇宫里结了婚。

结婚以后，盘瓠带着妻子，到南山去，住在人迹罕至的深山的崖洞中。公主脱下华贵的衣裳，穿了庶民百姓的服装，亲身劳作，毫无怨言。盘瓠则每天出去打猎，以此为生。夫妻俩和睦幸福地过日子。几年以后，生下三男一女，于是带着儿女们回去看望外公外婆。

孩子们都还没有姓氏，就请高辛王赐给他们姓。大儿子生下来是用盘子装的，就赐姓为“盘”；二儿子生下来是用篮子装的，就赐姓为“蓝”；只有三儿子想不出赐什么姓好，适逢天上有轰轰的雷声响过，便赐姓为“雷”。小女儿长大后，招了个勇敢的兵士做女婿，跟着丈夫的姓姓了“钟”。蓝、雷、盘、钟四姓，互相婚配，后来子孙繁衍，成为国族，大家都奉盘瓠为他们共同的老祖宗。

捌

射日奔月

十日缘起

尧是高辛王最小的一个儿子，后来却继承他的位置做了国君。

当尧在位的时候，曾有十个太阳，一齐出现在天空，把禾苗晒焦了，把草木晒死了，老百姓都饿着肚子，没有东西吃。加上还有种种恶禽猛兽，如猰貐、凿齿、九婴、大风、封豨、修蛇等从火焰似的森林或沸汤般的江湖里跑出来趁火打劫，祸害人民，使本来生活不下去的人民，更加生活不下去了。

仁爱的尧，除了忧愁烦恼地每天向上帝呼吁祷告以外，简直没有其他办法。

十个太阳，都是东方天帝帝俊的儿子。帝俊有两个妻子，一个叫常羲，替他生了十二个月亮女儿；另一个叫羲和，替他生了十个太阳儿子。

十个太阳儿子，都住在东方海外的汤谷。这地方的水，滚热如汤，所以叫作汤谷。汤谷附近有一棵大桑树，生长在海水的中央，名叫“扶桑”。扶桑有几千丈长，一千多围粗，十个太阳就住在这树上。他们轮流出去值班，一个太阳回来了，另一个太阳才开始出去，所以太阳虽然有十个，经常和人们见面的，却只有一个。

太阳出来，他的妈妈羲和就替他驾了车子，由六条蛟龙拉着，飞快地在天空中驰行。每天的行程，都有严格规定的路线和程序。十个太阳儿子，便由妈妈这么伴送着，轮流出去值班。

可是不知道怎么一来，孩子们却忽然不愿意遵守这个规定，竟暗中商量好，“轰”的一声，一齐飞跑出来，谁也不再去坐那由妈妈驾驶的乏味的车子，而是欢喜地跳着、蹦着，四散在广阔无垠的天空中。习惯一经养成，就天天结伴出来玩耍，再也不想分开。自然，十个太阳齐照的大地，是多么光明灿烂啊。也许他们心里还想，光明灿烂的大地在向他们表示欢迎，哪知道大地上的一切生物，都怨恨他们到了极点。

羿射日除害

做爹妈的帝俊和羲和，对于顽皮成性的孩子们的恶作剧，虽然也想加以管束，无奈他们都具有巨大的神力，全然不理睬双亲的忠告，一时竟拿他们没有办法。

十个太阳见爹妈拿他们没办法，就胡闹得更加起劲了。可是代表人民愿望的尧的祷告，又天天上达天庭。帝俊身为上帝，对这种呼吁，绝不能充耳不闻；加上他实在也讨厌孩子们的胡闹了，就决心派一个擅长射箭、名叫“羿”的天神到下方去，诛除那些为害人民的恶禽猛兽，捎带着也把他的坏孩子们吓一吓。

羿领了帝俊的旨命，便带着他的妻子嫦娥，辞别天庭。临行时候，帝俊赐给羿一张红色的弓、一口袋白色的箭。这华贵的神弓和神箭，都是天上稀有、世间所无的宝贵武器，刚好配得上像羿这样一个高明卓绝的射手。

羿于是带着他的妻子，降到下方，在闷热难当的茅草屋里，见到了为旱灾而愁苦的尧。尧知道羿就是天帝派遣下凡为民除害的天神后，不禁大喜过望，烦恼和忧愁顿时消散得干干净净。

远远近近的人们，听说天神羿下了凡间，都赶到王城所在的地方来，聚集在广场上，大声地呐喊和欢呼，要求羿替他们诛除祸害。

最为人痛恨的，当然就是一齐出现在天空中的这十个太阳。起初，羿原也想虚张声势，吓吓他们，叫他们不敢再调皮就算了的。哪知道这些骄纵惯了的少爷，见羿在下面调弓弄弦、作势要射的样子，竟连理也不理，只在肚子里冷笑。这一来却真的惹恼了羿。正直的羿心想："哪怕你们是天帝的儿子，既然你们决心和人民为敌，我就敢于收拾你们！"

于是他就慢慢地走到广场中央，搭上箭，拉满弓，对准天空中的一个太阳，飕的一箭射上去。起初没有影响，隔了顷刻，只见天空中一团火球无声地爆裂了，流火乱飞，金色羽毛纷纷四散，"轰"的一声落在地面上的，是一团红亮亮的东西。人们跑近前去一看，原来是一只极大的金黄色的三足乌鸦，想来就是太阳精魂的化身了。再一看天上，太阳果然已经只剩下九个，空气也似乎凉爽了些，人们不由得齐声喝彩。

祸事既然闯定了，羿索性一不做二不休，便又连忙拈弓搭箭，向着天空中东一个西一个战栗而正想逃跑的太阳射去。一支支的箭像疾鸟般地从弓弦上发出，只听得飕飕飕的箭声，只看见天空中一团团火球无声地爆裂，满天是流火，数不清的金色羽毛四散在空中。三足乌鸦一只只地坠落下来，人们的欢呼声音响彻了大地，羿也射得欢畅而高兴。

站在土坛上看射箭的尧，忽然想起太阳对人也有大功，是不能全射下来的，急命人暗中从羿的箭袋里抽出了一支箭。羿以为十支箭都射完了，就停下来，因此天空中的太阳终于还剩下一个。可怜这顽皮的孩子已经吓得脸色发白，地面上的人们都吵嚷着冷起来了。

然后，羿又去诛除种种为害人民的恶禽猛兽。他先在中原地带把形状像牛、有着老虎爪子的怪兽猰貐诛杀了，又去南方的畴华之野杀那口吐一齿如凿、五六尺长、号称“凿齿”的人形兽躯的怪物。二害既除，又去北方的凶水之上杀九婴；九婴是一个生着九个脑袋、能喷水也能吐火的水火之怪。回转来经过东方的青丘之泽，羿又用带绳的箭射杀了一只名叫“大风”的鸷鸟。然后又去洞庭湖把一条巨蟒斩为数段。最后回到中原，在桑林又把一头有着长牙、利爪、力气赛过牛的大野猪，即所谓的“封豨”生擒活捉住。

羿请不死药

羿为人民除了七桩大害，天下人民都感念羿的功德，到处都传扬着他的颂歌。羿觉得自己总算没有辜负天帝的委命，便把在桑林擒获的那只大野猪宰杀了，将肉剁得细细的，蒸成肉膏，用盘子盛好，恭恭敬敬地亲自端到天庭去，奉献给做天帝的帝俊。他满以为天帝定会嘉许他一番，哪知道帝俊竟满脸不高兴地向他说：

“你对人们虽然有功劳，可是你却射死了我的儿子，一见这野猪肉，我就伤心，见了你我也是这样。——好吧，从此以后，你和你的妻子就住在下方，不必再到天上来了。”

羿的一团喜色，登时化为乌有。他回到家里，就把他的伤心和委屈向着他的妻子嫦娥倾诉。不料他的妻子嫦娥虽是天上的女神，却未免心胸有些狭窄，听了羿的倾诉，不但不同情他，反而哭哭啼啼，和他吵闹。她说自己原本是天上的女神，如今受了连累，上不了天，都是因为羿妄逞英雄，杀死天帝儿子的过错。

嫦娥还说：“做了人是会死的，死了以后，就得到地下的幽都去，和那些黑色的鬼魂住在一起，过愁惨暗淡的生活，这是多可怕呀！”

“是呀，”羿闷闷地回答说，“我也不想到幽都去，可是，那又有什么法子好想呢？”

嫦娥于是告诉羿，听说在昆仑山上，住着一个神人，名叫西王母，她那里藏有不死药，人吃了就可以长生不死。

“对呀，”羿高兴地说，“西王母藏有不死药，怎么我先前竟一点也没有想到呢？——好，我马上就去向西王母求不死药。”

于是羿准备了一点简单的行装，带了些干粮，背上弓箭，骑上白马，在第二天早晨，当太阳初升的时候，便向昆仑山进发了。

昆仑山，是西方的一座神山，黄帝住在这里，西王母也住在这里。它的下面，环绕着弱水的深渊，一片鸟毛掉在上面，也会沉落，更不要说乘船载人了。它的外面，又被一座炎火的大山包围着，大火昼夜不息，无论什么东西一碰见它就会燃烧。

靠着射日除害的剩余神力和不屈的意志，羿居然通过了水火的包围，攀登上了昆仑山顶，见到了好几丈长的大稻子，和九首人面虎身的守门的开明兽。这个地方的高度，据说有一万一千多里，要不是羿，谁也休想来到此地。

羿把来意向西王母说明之后，西王母非常同情羿的不幸遭遇，就慷慨地给了他一包足够两个人吃的不死药，并且告诉他说：

"这药，是从不死树上采下的不死果炼制成的。不死树三千年开一次花，六千年结一次果。果子很少，所剩的药物都在这里了。如果一个人吃了这么多药，就还有升天成神的希望。你拿回去好好保藏着，不要弄丢了。"

"谢谢您，"羿说，"我一定记住您的话。"又经过千山万水的跋涉，羿终于带着不死药，高高兴兴地回到家里。他一回家，就把不死药交给妻子保管，准备择一个节日，大家同吃。他并不想再上天，因为天上的情形并不比人间好，只要不到地狱去，于他就心满意足了。

嫦娥奔月

可是他的妻子嫦娥却不和他一样设想。她想她原是天上的女神，如今上不了天，全是受了丈夫的连累，照理他该还她一个女神才是。灵药既然除了长生更有使人升天成神的妙用，那么即使自私一点，吃下丈夫的一份，也不算怎么亏负他……

想来想去，她就打定主意，不再等待什么节日，趁羿不在家的一个晚上，把那包药取出来，一齐吞下肚子去。

奇事果然在这时候发生了，嫦娥渐渐觉得她的身子轻飘飘的，脚和地面脱离开来，终于不由自主地飘出了窗口。

外面是夜晚的蓝天，灰白的郊野，天上有一轮圆圆的皓月，被一些金色的小星围绕着。

嫦娥一直飘升上去……

但是到哪里去呢？她思考着：假如到天府，定会被天上的众神耻笑，说她是背弃丈夫的妻子。看来只有暂时到月宫里去躲藏一下的好。主意既定，她就一直奔向月宫去。

她到了月宫里。月宫里出奇的冷清，却是她先前一点也没有预料到的。这里除了一只蟾蜍、一只白兔和一株桂树以外，什么也没有。直到许多年以后，才又添了一个“学仙有过”罚到月宫里来砍桂树的吴刚。吴刚砍桂，桂树和他闹别扭，创口随砍随合，再也砍它不倒。

这景象很让她灰心失望。但是既然已经来了，只有住下再说。可是愈住下去，愈是觉得寂寞不惯。她开始想起家庭的乐趣，丈夫的好处。假如自己宽宏大量一点，不这么心眼窄小，两人分吃了不死药，大家都永生在世上，岂不胜过一个人冷冷清清地在月宫里做神仙吗？

她懊悔，她想仍旧回到下方去，向丈夫承认自己的错失，请他原谅。但是药已经吃下肚去，这种愿望便只能是空想，从此她就只好永远住在月宫里，再也下不来了。

那天晚上，羿从外面回来，发觉他的妻子不见了，桌子上却放着不死之药的空包。羿明白了这是怎么一回事，愤怒、失望、悲哀，好像一条条毒蛇，绞缠着他的心灵。

他闭紧了嘴唇，怔怔地望着窗外，在这星月交辉的天空，他的妻子已经离开了他，单独寻找她幸福的乐园去了……

逢蒙杀羿

羿唯一藉以消愁解闷的方法，只好是背弓挟箭，骑了骏马，到原野上去驱驰，或是到山林里去打猎。呼呼地拂过耳畔的天风，也许会吹散他的忧愁；和野兽搏斗时候的兴奋，也许会消除他的痛苦。

陪伴他去打猎的，是一个他在下方招收的学生，名叫逢蒙。逢蒙，是山间的一个猎手，是一个灵敏而又勇敢的人，羿一向很喜欢他，曾经尽心竭力教他射箭。

后来逢蒙的箭几乎射得和羿一样好了，天下都很闻名，凡是人们提到箭射得好的，都把羿和逢蒙两人相提并论。

羿很喜欢他这个本领高强的学生，但是气量狭小的逢蒙却不大喜欢有这么一个本领比他还高强的老师。

据说有一回，羿曾和逢蒙比赛射箭。恰好天空中一行雁飞了过来，羿叫逢蒙先射。逢蒙连发三箭，为首的三只雁应着弦声坠落下来，一看，刚好三支箭都射中雁的头部。这时，受惊的雁已经四散乱飞，羿也随意向它们射了三箭，也有三只雁应弦坠地，三支箭也都射中雁的头部。这样，逢蒙才知道老师的本领实在比他高强，不是他轻易赶得上的。

因此，逢蒙对于羿总是非常嫉恨，暗害羿的念头时常在他的胸中盘绕。但是一则羿向来待他好，良心似乎不许可；二则实在也找不着下手的机会，这愿望就埋藏着没有实现。

现在可是好了，羿因为受了家庭事变的刺激，脾气变得暴躁易怒，动不动就要骂人，逢蒙也被责骂过好几回。良心的藩篱很容易被羞辱冲破，加之有一回羿在气恼之下忽然宣称，他要单独出去打猎，逢蒙就利用这机会，暗中准备好，实现谋害老师的计划。

傍晚，羿打猎回来，快到家的时候，只见对面树林边上有人的影子闪了一闪，接着，就有一支箭向他飞来。羿眼捷手快，连忙拈弓搭箭，在奔跑着的马上，一箭射去。只听得“铮”的一声，箭尖正触着箭尖，在空中发出几点火花，两支箭便向上挤成一个“人”字，然后翻身落在地上。第一箭刚刚相触，双方立刻又来了第二箭，同样相触在半空中。一连射了九箭，羿的箭都用尽了，这时他才看清楚逢蒙得意地站在他的对面，还有一支箭搭在弦上，正对准着他的咽喉。

来不及让羿略作防备，对方的箭早已经像流星般，“飕”的一声径向羿的咽喉飞过来。也许是瞄准差一点，却正中羿的嘴。一个筋斗，羿带箭掉下马去，马也就站住了。

逢蒙见羿从马上落下，以为老师这下子是准死无疑了，便慢慢地踱过来，微笑着去看他的死脸；刚在定睛看时，只见羿忽然张开眼睛，直坐起来。

“你真是白跟我学了这么久，”羿吐出箭，笑着说，“难道连我的‘啮镞法’都不知道吗？这怎么行，还得好好地练习啊！”

“饶恕我……”逢蒙丢了弓，扑地跪伏在地上，抱住羿的腿，半哭泣半号叫地哀告说。

“去吧，以后别再这么下作了。”羿鄙夷地挥了挥手，便跨上马，径自走了。

羿虽然被逢蒙暗算过一次，但是一者他为人素来仁爱宽大，二者也自恃有过人的技艺和勇武，所以并没有把这事放在心上，以后出去打猎，还是随身带着逢蒙一道。

从此以后，逢蒙在羿的面前，愈加表现得老实恭顺，使羿对于他的改过向善，深信不疑。

但是他却暗中用桃木削成一根大棍子，随时携带在身边，说是既可以用来打野兽，又可以用来挑猎物。羿见桃木棍使用起来方便，也很欢喜，丝毫没有其他疑心。

一天，羿站在树林边仰天射雁，已经射落了一只，正举起弓箭来要射第二只，哈着腰在他身旁收拾猎物的逢蒙忽然直起身来，抓起树旁的桃木大棍，对准羿的头顶，狠狠地就是这么一棍。

当羿察觉，回过身来，要给这恶徒以打击的时候，事实上已经来不及了，桃木大棍就像泰山压顶似的，一棍正中羿的后脑。

鲜红的血液不断地从羿的耳朵边流下来，羿两手无力地垂下，手里的弓和箭扔落在地面上。他略回过头来，用他虽然已经昏迷却仍然是那么愤恨而又轻蔑的眼光看了逢蒙一眼，然后，像一座山一样，颓然地倒了下来……

他死了，平静而无声地死去了。他一生连遭不幸，又死得这么冤枉，真是太教人痛心了。据说人们为了纪念他，奉他做了宗布神。宗布神的职司是统辖天下万鬼，教邪恶的鬼不敢害人，有点像上古时候的神荼、郁垒和后世民间传说的钟馗。他生前为民除害，死后还继续做他的工作，也可算是志望得遂了。

玖 舜象斗争

舜耕历山

尧在位的时候，妫水边上一个普通农民的家庭里，有一天忽然诞生了一个婴儿，取名叫舜。孩子生下来不久，他妈妈就死了，瞎眼的爹爹瞽叟另外又娶了一个妻子，生了一个儿子，名叫象；又生了一个女儿，名叫敤手。家庭从此常起风波，很不平静。

胡涂的瞽叟宠爱后妻的儿女，把前妻生的儿子舜看作眼中钉。后母心地狭小，泼辣凶悍，难惹难当。弟弟象也是非常粗野和傲慢，全然不把哥哥放在眼里。只有小妹妹敤手虽然也有些坏习性，但心地还算善良，并不像后母和弟弟那么坏。

可怜的舜，常受父母的毒打，他就只好逃避到荒野里去，向着苍天痛哭号啕，呼唤他那死去的亲娘。后来他渐渐长大成人，在家里实在待不下去了，他便一个人单独分居到外面，在妫水附近的历山脚下，开了一点点荒地，独自谋生。

舜能吃苦耐劳，又肯尽力帮助人，无论做什么事，总愿意把最艰苦的担当起来，人们都受他的感化。因此，他在历山耕种没多久，历山的农人都让起田界来。他又到雷泽去打鱼，雷泽的渔夫都争着让起渔场来。他又到河滨去做陶器，没有多久，河滨陶工做的陶器也都既美观又耐用了。

舜到的地方，人们都喜欢来亲近他；这地方一年就会成为小小的村子，再过一年就会成为较大的城镇，到第三年就会变成都会，真可说是难以理解的事。

尧渐渐老了，他的儿子丹朱又不成器，他开始寻访天下的贤人，准备把天子的位置禅让给贤人。大族长们都推荐舜，说舜既贤能又有才干，可以接替尧的位置。

于是尧就把他的两个女儿——一个叫娥皇，一个叫女英——嫁给舜做妻子；又叫他的九个儿子和舜在一块共同生活，看舜是不是真正有德行和才干。同时尧又拿细葛布衣裳和琴来赐给舜，又叫人替舜修了几间谷仓，还给了他一群牛羊。原来是普通农民的舜，这下子做了尧的女婿，骤然生活好起来了。

瞎老汉一家人看见他们素来讨厌的舜平步青云，又富又贵，一个个嫉恨得咬牙切齿，万分难受。

井廪之难

瞽叟和象便阴谋杀舜。首先叫他去修谷仓。舜把这事告诉了两个妻子，两个妻子都说：

“可要当心呀，那时他们就要杀害你——要把你活活烧死！赶紧脱掉你的旧衣服，穿了这件鸟纹衣服去。”

舜便穿了新衣服去修谷仓。刚爬上谷仓顶，下面的梯子便被抽去了。瞽叟和象纵火焚仓，惊惶的舜伸开双臂，登时化作大鸟展翅飞去。

第二次又叫他去淘井。舜告诉了两个妻子，妻子们都说：

“可要小心呀，那时他们还是要杀害你——要把你活活埋在井里！脱掉你的旧衣服，穿上这件龙纹的衣服前去。”

舜去淘井，刚一下井，瞽叟和象就把进出的口子拦起来，并且用石头和泥土填塞下去。哪知道穿了龙纹衣服的舜，早已变作一条鳞甲闪光的龙，从井的旁边潜遁出去了。

瞽叟和象一帮人填了井后，心里欢喜，满以为舜已经死了，便回到家中，谋划瓜分舜的财产。象张开丑陋的大嘴巴说：

“首先出主意的是我象。别的东西我都不要，牛羊呀，谷仓呀，这些东西全分给爹妈好了，我只要这张琴、这把弓和两个嫂嫂……嘻嘻嘻……陪我睡觉……”

说着他就走进舜的屋子，从墙上取下舜的琴来，在那里琤琤琮琮地弹奏着。忽然，舜从外面走了进来。象吃了一惊，脸上显出不带劲的样子，说：

“我惦念你，正愁闷着呢。”

“这么说，你总算有点当弟弟的样子了。”舜颜色和悦地说。

打这以后，舜还是一如往常地孝敬、侍奉瞽叟夫妇，并且爱护、照管弟弟更加小心谨慎了。

可是象和瞽叟等还不甘心，又定下计谋，邀舜去喝酒，等他喝醉了，便将他杀害。

舜的两个妻子知道他们的阴谋，便给了舜一包药，叫他到池子里去洗个澡。舜洗澡后便到爹妈家里去，喝了一整天酒，却一点也没有醉意。瞽叟和象一帮人找不到下手的机会，阴谋又宣告破产了。

舜的小妹妹敤手本来和嫂子有些矛盾，看见一家人这样作恶，同情哥哥的遭遇和处境，终于和两个嫂子和好了。

湘妃竹与鼻亭神

从女儿和儿子们的报告里，尧认为舜的确是既贤明又有才干的青年，可以把国君的位置传给他。传位以前，又对他做了一番考验。

这考验就是把他放进一个雷雨将要到来的大山林里去，看他一个人用什么法子走出这座山林。

舜行走在山林里，全然没有一点恐惧，毒蛇见了他便远远地逃开，虎豹豺狼见了他也不敢侵害。一会儿，果然暴风雷雨来了，森林里一片黑暗，又是霹雳，又是闪电，又是倾盆大雨，四周都是像精怪一般披着头发、张开手臂的树。树啊，树啊……简直分不开东西南北的方向。可是勇敢智慧的舜，在这千奇百怪的树林里，却既不害怕，又不迷惑。最后，他终于沿着来时的道路，走出了这片山林。

经过了这场考验，尧真的把国君的位置禅让给了舜。

舜做国君的几十年中，也像尧一样，做了很多有利于人民的事情。最后并且连传位都像尧，不把国君的位置传给只知道唱歌跳舞的自己的儿子商均，而把它传给治理洪水有功于人民的大禹。

舜的一生，非常喜欢音乐，所以尧把两个女儿嫁给舜的时候，还特地赐给他一张五弦琴。到他做了天子，每当闲暇，总是喜欢独个儿弹他那五弦琴，伴随着琴音的弹奏，唱一首他自己创作的叫作《南风》的歌曲——

南方吹来的清凉的风啊，
可以消除人民的愁烦啊！
南方吹来的及时的风啊，
可以增长人民的财富啊！

从这首《南风》歌里，便可见到舜是怎样的爱念人民了。

舜年老了，还到南方各地去巡视，不幸中途死在苍梧之野，噩耗传来，人们都像死了亲人一样悲哀。

他的两个曾经和他共患难的妻子，听到这不幸的消息，更是悲恸得连肝肠都快要断裂了。

她们马上坐了车和船，到南方奔丧去，一路上伤心地哭泣，眼泪像泉水般地奔涌。这些伤心的眼泪，洒在南方的竹林上，竹林上便挂满了她们的斑斑点点的泪痕，所以南方后来便有了斑竹，又叫“湘妃竹”。

她们走到湘水，不幸风波起来，弄翻了船，她们就遗恨地淹死在江中，成了湘水的神灵。

当她们心境和悦的时候，就在秋风袅袅、木叶飘落的光景中，出来在浅滩上徐舒地巡回，远远就可以看见她们美丽的眼睛在闪耀。倘使遇到心境不好，勾起了从前悲恨的时候，她们进出江水，便会伴随着猛烈的风，狂暴的雨。在风雨中，还有许多形状像人的怪神，左手右手握着蛇，腾跃在浪涛之上。一些怪鸟也会趁机出来，在雾雨昏蒙的天空中乱飞乱叫。

舜死以后，人民就把舜的尸骨用瓦棺装殓着，埋葬在苍梧九疑山的南面。这座山共有九条溪涧，条条溪涧的形势都很相像，到山上去的人们，每每容易被这种类似的地形所迷惑，所以叫作“九疑”。

在九疑山的山脚下，每年春秋两季，人们总会看见一头长鼻大耳的巨象，来耕舜的祀田。大家心里都很奇怪，不知道这究竟是从哪里来的怪物，为什么要不辞辛苦地来到这里替舜耕田。直到有一年，人们看见一个从远方来的男人跪在舜的坟墓前哀哀地痛哭，哭着哭着这男人就变作了一头象，跑下山去替舜耕起田来，大家才知道这黑胡子男人就是舜的弟弟象，由于忏悔以前的过失，才真个变化作一头巨象来替哥哥耕田。

象去世了以后，人们就在坟墓的附近造了一座亭，叫作“鼻亭”，亭里供奉着象的神主，叫作“鼻亭神”。这一对同父异母的兄弟，从此以后就相亲相爱地住在一起，永不分开了。

以上所写舜象斗争神话，其实已经不是古神话的本来面貌，而是经过流传演变，成为带有神话意味的民间故事了。舜又称“虞舜”，旧有的解释说“虞”是舜的封号，那是不确切的。“虞”应该是猎人的意思，“虞舜”就是“猎人舜”。舜的弟弟象，原本就是作为动物的长鼻大耳的象。舜和象的斗争，实际上就是舜和野生象的斗争。舜曾几番险遭野生象的毒手，靠了两个天女的帮助，猎人舜才把野生象擒获并且驯服了，使它开始为人类服役。这就是舜象斗争神话的本来面貌。后世民间所绘“大舜历山耕田图”，使用的牲畜就是长鼻大耳的象，从这里可以约略窥见一些古神话的消息。

拾 鲧禹治水

鲧窃息壤

尧真是一个不幸的帝王，大旱之后又有大水。那时，整个大地都受了洪水的灾害，情形凄惨可怕极了。到处是一片汪洋，人们没有居住的地方，只得扶老携幼，东西漂流。有的爬上山去找洞窟藏身，有的就在树梢上跟鸟雀一样做窠巢。尧看到大水为灾，忧心如焚，但是却也想不出什么办法来解救人们的痛苦。

滔天的洪水是怎样发生的呢？据说是因为天帝看见下方的人民做错了事，惹其恼怒，这才特地降下洪水来警告世人。执行这个任务的是水神共工。他得到这个大显身手的好机会，真是高兴得很。所以洪水一发，就淹没了大地许多年。

天上有众多的神，他们对于人民所遭受的灾祸，都无动于衷。真心哀怜人民痛苦的，只有一个大神鲧。

鲧原是天上的一匹白马，他的父亲是骆明，骆明的父亲是黄帝，他便是黄帝的孙子。祖父既然是统治宇宙的天帝，孙子当然也就是天上的一位显赫的大神了。

大神鲧对于祖父这种虐待人民的措施，非常不满。他一心想把人民从洪水中拯救出来，让他们过平安快乐的日子。他曾经不止一次向他的祖父请求过，劝谏过，想得到他祖父的同意，赦免人民的过错，把洪水收回天庭。但是固执的天帝，并没有理会鲧的话，反而把他申斥一顿。

恳请和劝谏无用，大神鲧决心自己想办法去平治洪水。他不知从哪里打听到天帝有一种名叫“息壤”的宝物，秘藏在天庭的深处。这东西看上去没有多大一块，但只要弄一点来投向大地，就可以生长不已，积成山，堆成堤，教洪水没法逞凶。

鲧用了千方百计，终于把天帝秘藏的息壤偷取到了手里。他马上去到下方，填塞洪水。这东西果然灵妙，只要少许一点，就可以积山成堤。大地填上息壤，洪水渐渐消失了踪迹，又出现一片新的起伏的绿野。人们又从树梢上爬下来，从洞窟里走出来，准备在苦难的荒原上重建新的基业。他们的心里都腾跃着对于大神鲧的感谢和欢呼。

正在这个时候，一件非常不幸的事发生了。

原来息壤被窃的事，被统治宇宙的天帝知道了。他痛恨天国出了这样非法的事，更痛恨家门出了这样忤逆的儿孙，于是毫不犹豫，派遣火神祝融下去，把鲧杀死在羽山上，夺回了剩余的息壤。

这羽山，在北极之阴，是太阳和月亮照不到的地方。山的南面是雁门。那里有一条神龙，叫作“烛龙”，人的脸，龙的身子，从头到尾，共有千多里长。它嘴里衔了一支蜡烛，用来代替日光，照耀北极的阴暗。世间传说的幽都，大约就在它的附近。我们可以想象这里的凄惨和荒凉——这就是大神鲧牺牲生命的地方。

禹诛防风氏

大神鲧被杀后，因为他偷取息壤平治洪水的志愿没有达到，所以他的精魂不散，保全了他的尸体，经过三年之久，都没有腐烂。不但这样，他的肚子里还逐渐孕育着新的生命，就是他的儿子禹。他用自己的精血和心魂来喂养了这条小生命，要这小生命将来继续去完成他的事业。禹在他父亲的肚子里生长着、变化着，三年之中已经具备种种神力，甚至超过了他的父亲。

鲧的尸体三年不腐烂，这件奇事给天帝知道了。天帝大惊，怕他久后会变成精怪，来和自己捣乱，便又派了一个天神，带了一把叫作“吴刀”的宝刀下去，把鲧的尸体剖开。

天神奉命行事，便去羽山用吴刀剖开鲧的尸体。可是在这个时候，从鲧被剖开的肚子里，突然跳出一条虬龙，头上生了一对尖利的角，盘曲腾跃，升上了天空。这条虬龙就是鲧的儿子禹。虬龙禹升上天空以后，被剖开的鲧的尸体就化作了一条普通的黄龙，跳进羽山旁边的羽渊去了。

鲧肚子里诞生了禹这回事，很快又被天帝知道了。天帝听到这消息，真是非常吃惊。“叛逆”者假如有了“叛逆”的道理，那么他那反抗的意志，就会世代相传、绵绵不绝的。天帝渐渐也就悔悟到用洪水去处罚人民，不大恰当。当禹按照预定计划，向天帝说明拯救人民的理由，请将息壤赐还给他的时候，天帝只好顺水推舟地答应了。不但赐还了息壤，还干脆派遣曾经杀蚩尤立大功的应龙去帮他的忙。

禹携了息壤，带着应龙，去到下方，开始做平治洪水的工作。不料这一来却惹恼了水神共工。因为洪水原是天帝命令他降下来惩罚世人的，这正是他大显神通的好机会，现在手段还没有充分施展，又叫他把洪水收拾起来，这怎么行呢？而且禹那小孩子知道什么，天帝竟答应了禹的请求，这也使他很不服气。

他立定决心，要出来和禹作对。

于是他就把洪水从西方掀腾起来，一直淹到空桑。空桑在东海岸边，要算是中国极东的地方了。

禹看见共工这种恶劣的行为，知道除了用武力对付以外，用道理说服是绝不行的，因此决心和共工一战。

为了对付共工，禹便学他曾祖父黄帝的榜样，在会稽山会合天下群神，商量治水的办法。那时大家都到齐了，只有防风氏后到，禹怪他不遵守号令，就把他杀掉了。过了一两千年，到春秋时候，吴王和越王打仗，把越王围困在会稽山，从打毁的山上发掘出一节骨头，不是人类的骨头也不是野兽的骨头，那骨头之大，须用整部车子才能装下。大家都不认识，便去请教博学的孔子，孔子才说出这就是被禹所杀的防风氏的骨头。由此，我们可以想见禹的神力和权威有多大！

禹率领天下群神和共工开战，共工当然不是禹的敌手，所以不久就被禹赶跑了。

禹擒无支祁

禹赶跑了共工，开始做治理洪水的工作。他叫一只大黑乌龟把息壤背在背上，跟在他的身后，随时将一小块一小块的息壤投向大地，这样就把极深的洪泉填平了，把人类的居住地加高了，那些特别加高起来的，就成为我们今天四方的名山。禹知道治理洪水，单用堵塞的办法还不行，还得进行疏导。因此他又叫应龙走在前面，拿它的尾巴划地，应龙尾巴指引的地方，禹便统率人民去开凿水道，把洪水引导到大海里。这些开凿的水道就成了我们今天的大江大河。

禹治理洪水，曾经三次到过桐柏山，可是那地方总是刮大风，打大雷，石头啸叫，树木哀号，使治水的工程简直没法施展。

禹知道是妖物作怪，心里恼怒，便召集天下群神，并亲自下令给夔龙，叫他们想办法除妖。桐柏山和附近各山的山神都恐怕祸事弄到自己的头上，纷纷跑来跪着向禹磕头，请求饶命。禹疑心他们包庇妖物，便把他们当中几个特别狡猾的如鸿漾氏、商章氏、兜卢氏、犁娄氏等拘系起来，加以审问。果然问出实情：原来在淮水和涡水之间，躲藏着一个名叫“无支祁”的水怪，禹马上派人去擒拿这个怪物。

这怪物善于言语应对，形状像猿猴，高额头，低鼻梁，白脑袋，青身子，牙齿雪亮，眼睛闪耀出金光，力气大过九头象，颈脖子伸出来约百尺长。他的身躯伶俐轻便，虽然被擒拿了，却还在那里横蹦竖跳，没一刻安静。

禹拿他没法，便叫天神童律去制服他；童律制服不住，又叫乌木由去；乌木由还是不行，最后叫庚辰去，才被庚辰制服住了。

庚辰制服他的时候，成千累万的山精水怪都聚集起来，绕着庚辰奔走号叫，用尽办法捣乱，想把他们的伙伴劫夺回去。

庚辰拿了一把大戟，把山精水怪都驱赶走，怪物失了凭依，这才降服。

禹见怪物降服，便叫人拿大铁锁锁在他的颈脖上，鼻孔里还给穿了金铃，把它镇压在如今江苏省淮阴市的龟山足下，禹的治水工作这才顺利地进行下去，淮水从此才平安地流入海中。

涂山氏化石生启

前面所说的是神性的禹的神话，下面说的便慢慢进入了人性的禹的神话范围。

禹治理洪水，直到三十岁，还没有结婚。当他走到涂山（现今浙江省绍兴县西北）的时候，他心里就想："我的年龄已经很大了，应该结婚了，一定有什么东西来启示我吧？"正在这样想的时候，忽然他看见一只九条尾巴的白狐狸，来到他的面前，使禹想起当地的一首民间歌谣——

> 谁见了九条尾巴的白狐狸，
> 谁就可以做国王；
> 谁娶了涂山的女儿，
> 谁的家道就兴旺。

禹便决心娶一个涂山的女儿，来做他的妻子。

那时涂山的酋长有一个女儿，名叫女娇，态度文雅，仪容秀美。禹一见她，就觉得很合心意。因为治水的工作忙迫，来不及向她略通款曲，禹又到南方巡视灾情去了。

女娇知道禹爱她的心意，对于这万人称颂的大英雄，自然而然也产生了爱慕。于是就打发一个使女到涂山南面去等候禹回来。哪知道一等禹也不回来，再等禹也不回来，等得女娇烦闷极了，便作了一首歌道——

等候人啊，多么的长久哟！

据说这就是南国最早的一首情歌。

巡视灾情的禹终于从南方回来了，女娇的使女在涂山南面迎接着禹，表达了她年轻的女主人对禹衷诚的爱慕；许多言辞，都正是禹想让使女转达给女娇知道的。两人彼此情投意合，他们就在台桑这地方结了婚。

结婚后才四天，禹便离开他新婚的妻子，到别的地方治理洪水去了。后来女娇便被送到禹新建的都城安邑（现在山西省解县东北）去。她在那里生活过不惯，时常思念本国。禹知道了，便叫人在安邑城南替她筑了一座台，让她在寂寞无聊的时候，登上台去望望她的远在几千里外的家乡。

后来她觉得既离开熟悉的家乡，又离开亲爱的丈夫，日子未免过得太凄苦了，当丈夫偶然回家的时候，她就坚决要求同他在一道。禹没办法，只得勉强答应了。

有一次治水到了轘辕山——在河南省偃师县东南。这座山形势险峻，山路使得车辕顺着它回还往复多次，所以叫作“轘辕”。得打通这座山，才能使水流通过。

禹向他的妻说：“这工作可不太容易呀，但还是得努力干。我在这山崖上挂上一面鼓，听见鼓声，你就给我送饭来吧。”

他的妻子说：“好。”

禹等妻子转去后，一时想不出更好的办法，就摇身一变，化作一头毛茸茸的大黑熊，拼着自己的力气来凿山开路。禹正在那里用嘴拱呀，用四个爪子扒呀，忙得浑身带劲、尘飞土扬的时候，一个不当心，他那因为长年治水患了风湿症，略有点跛的后脚，带起一块石头，“咚”的一声，不偏不歪，正打中崖边挂着的鼓上。接连又有两三个石块打中在鼓上。

禹的妻子听见鼓声，就急急忙忙提了篮子将丈夫的午饭送去。

禹一点也没有留心到周围发生的一切，还在那里拼命地扒呀拱的。不料他这副难看的形躯，竟被他的妻子涂山氏看见了。她万想不到自己的丈夫竟是一头熊，又是吃惊，又是惭愧，不由得大叫一声，丢了饭篮，赶快回身逃走。

禹听见妻子叫喊，这才停止了紧张的工作，连忙跟在后面追去，想向她解释解释。

大约禹在慌忙中忘记变还原形，他的妻看见追赶来的还是一头熊，心里更是惊惶，脚下的步子也就迈得更加快。

他俩就这样一逃一追，一直跑到嵩高山（即嵩山，在河南省登封县北）的山脚下。禹的妻急得没办法，也就摇身一变，化作一块石头。

禹见妻子化作石头，不理他了，又急又气，便向石头大叫道：

"还我的儿子来！"

石头便向北方裂开，生了一个儿子名叫"启"，"启"就是"裂开"的意思。

后来禹受舜的禅让做了国君，启也在禹死后继承禹的王位登上了国君的宝座。

拾壹 神女峰

瑶姬助禹治水

治水有功的禹，人们又称他为“大禹”。

有一次，大禹治理洪水，驻在巫山脚下，正领导着人们在那里紧张地施工：有的凿石头，有的砍大树，忙个不停。正忙碌间，猛然刮起了大风。这风真是暴烈无比，吹得天昏地暗，山崖震动，木石横飞，江浪像山峰一样矗立起来。大禹虽然也有些神通本领，但是对于这样突然发作起来的大风，还是想不出制止它的办法。

在这最困难的时刻，他幸而遇见了瑶姬。

瑶姬是炎帝的女儿，据说又是西王母的女儿。她从小在一个仙人那里学道，学就了一身玄妙的道法，能够随心所欲，变化出各种不同的东西，她因此在天上居于显要的神仙职位。

有一年秋天，她带着她的侍女和侍臣，从东海遨游回来，驾着彩云轻飘飘地到了长江的上游，打从巫山经过，忽然被巫山的景色迷住了：它的峰峦是多么秀丽、挺拔呀！它的林壑又是多么的幽美呀！兼之在山林间还发现一块巨大而平整的崖石，光景好像人工修造的土坛。这真是可以修身养性、长久居住的地方！她不禁从云端降落下来，站在山崖上，仔细观赏巫山的风景，流连徘徊，舍不得马上就离开。

就在这时，大禹无意中遇见了倦游归来、路过巫山的瑶姬。大禹知道她是天上的神女，赶紧向她致敬，求她帮助止住大风。瑶姬哀怜受洪水灾害的人民，敬佩大禹治水的精神，便毫不犹豫地答应了。她叫侍女们传授给大禹驱神役鬼的法术。大禹使用了这些法术，马上便止住了狂暴的妖风。瑶姬又派遣侍臣狂章、虞余、黄魔、大翳、庚辰、童律等去帮助大禹凿通巫山。这些天上的神人，神通广大，他们或用闪电轰，或拿巨雷劈，不久就在巫山打开了一条孔道。

大禹感念瑶姬的功德，亲自跑上山去向她致谢。远远看见她站在峰顶凝目微笑，稍稍往前几步一看，微笑的她，已经变成了一块兀立的石头。再看看石头，似乎又在动荡、膨胀，在变软、变轻，终于冉冉上升，飞腾天空，变作一朵轻云。轻云飘呀飘的，又变作一只飞翔的白鹤。白鹤在天边兜了几个圈，忽而又变作一条夭矫的游龙。游龙在天空中回旋，身影愈来愈大，它的周围聚集了许多灰色和黑色的浓云。浓云渐渐布满天空，隐去了盘旋的龙，于是来了一阵潇潇的暮雨……

大禹对于她的这些变化，感到困惑不解：她为什么要这样变来变去，是不是有意在捉弄自己？她既然这么狡猾和怪诞，就不一定是真仙，说不定是哪一方的妖仙也未可知。但是她又真心诚意地帮助过自己治理洪水，这的确又是正直的神仙的行为——却不知道她为什么要这样故弄玄虚?

怀着满腹疑团的大禹，只得把他心里的疑惑向瑶姬的侍臣童律请教。

童律诚恳地告诉大禹说:“你看见她变这变那，觉得奇怪，其实并不奇怪。我们的瑶姬仙子，原本是西王母的女儿，她的形体可不是一般受胎感化得到的，而是西华宫少阴之气凝聚而成的。既是气，那就会变化无穷，高兴是人就是人，高兴是物就是物，岂止于你所见到的这一点点云呀，雨呀，龙呀，鹤呀呢。”“可是我到哪里去向她请教呢？”大禹若有所悟地问。“要见到她，并不难，”童律用手一指，“你看——”

大禹顺着童律指点的方向看去，大山中忽然显现出云楼琼台，瑶宫玉阁，有狮子把关，天马带路，更有凶猛的龙和矫健的野兽，都威风凛凛地侍卫在殿阶的两旁。瑶姬，庄严而温蔼地微露出笑容，由侍女们簇拥着，端坐在瑶台上面。

大禹不自觉地来到了殿堂上，赶紧向瑶姬下拜，谢她帮助治水、派遣神人凿通巫山的恩德。瑶姬逊谢未了，大禹又向她请教今后继续治理洪水的方法。瑶姬便命侍女陵容华拿出一只红玉小箱，打开小箱，取出一卷天书交给大禹，叫大禹按照天书所载去平治洪水。还怕他一个人不能成功，又派遣侍臣庚辰、虞余去帮助他。

大禹既得天书的指导，又得神人的帮助，再加上众人的支持，因而他治理洪水，前后经过十三年，足迹走遍全中国，终于得到了成功。

神女化峰导航

神女瑶姬，因为留恋巫山的美景，并且由于帮助大禹治水，和当地人民也结下了深厚的感情，从此她就在巫山留住下来，不再离开。

她天天站在高崖上凝目眺望，注视着往来在瞿塘峡、巫峡、西陵峡号称“三峡”的全长七百里的峡谷中的行船，见它们在许多险滩上挣扎，不时被凶涛恶浪吞没了去。她关心船只和旅客的命运，特派遣几百只神鸦，叫它们飞翔在峡谷的上空，担任迎船送船的工作，让这些行船跟随着神鸟的引导，平安地渡过三峡。

她因为长久地站在高崖眺望，不知不觉地，化身为众多峰峦中的一座了，就是现在的神女峰；陪伴她的侍女们，一个个也都变化作大大小小的峰峦，就是现在的巫山十二峰。这些峰峦真是秀丽峭拔呀，至今行船过三峡的人，望见它们，还可以想象女仙们当年超尘绝俗的身影；特别是望见神女峰时，谁都会油然感念瑶姬帮助大禹治水、凿通巫峡的业绩。

拾贰 远国异人

禹为了平治洪水，曾经踏遍了九州岛的土地，到过当时世界上许多稀奇古怪的国家。这些国家为数众多，不下一百个，要通通叙写出来，是困难的，只有择要介绍一些在下面——

南方海外诸国

在西南角上，南方海外第一个国家，是结胸国。这国的人胸前的骨头都凸出一大块，好像男子的喉结。它的附近是羽民国，一国的人都生有鸟的翅膀，长脑袋，能够飞，可是飞不多远，他们每天以鸾鸟的蛋为食。

向东南走，是讙头国。讙头国又叫讙朱国，实际上该叫丹朱国才对，因为他们都是丹朱的子孙后代。他们的状貌和羽民国的人差不多，也是鸟形的尖嘴和翅膀，正在海边捕鱼。

再向南走就到了厌火国。厌火国的人身子像猕猴，黑皮肤，能从嘴里吐火。国里出产一种能食火炭并能喷火作殃的怪兽，名叫“祸斗”。

再往东就到了三苗国。三苗国又叫苗民国，由于反对尧把天下让给舜，曾经和丹朱的军队联合作战，后来兵败，随同丹朱的余众迁到南海，建成这个国家。这国的人相貌和普通人差不多，只是腋窝下长有一对不能飞行的小翅膀。

再东去就是贯胸国。贯胸国又叫穿胸国，每人胸前都有一个圆圆的大洞。据说是因为禹治洪水，杀了防风氏。后来洪水平息，禹叫范成光驾了两条龙拉的车子载着他到海外各国去巡视，经过南海防风氏的部族，防风氏两个臣子对着禹射了一箭，霎时间起狂风，打大雷，下大雨，两条龙载着禹向高天奔腾而去。两个臣子吓慌了，便抽出短刀各自在胸口上戳了一个大洞，然后倒地死去。禹哀怜他们忠义耿直，叫人拿不死草来治疗他们，后来他们都复活了，只是胸口上留下的大洞却再也不能复原。他们的子孙就组成穿胸国。

再往东是三首国，一条身子三个脑袋。

再东去就是周饶国。周饶国又叫僬侥国，就是矮人国、小人国，三尺长便算是高个子了，最小的只有几寸长。他们也穿衣服，戴帽子，斯斯文文。耕田种地的时候，最怕白鹤来把他们吞吃掉。多亏附近的大秦国人——那些身高十丈的长汉子们常来帮助他们赶白鹤，才能平安地工作下去。

南方最后一个国家是长臂国。这国的人身子和普通人差不多，手臂却有三丈长。他们常常在海边捕鱼，用他们的长臂把一些活泼鲜跳的鱼从海里捕捞上来。

东方海外诸国

南方海外的国家游历完了，禹从南海转到东海。

东方海外和长臂国邻境的，头一个是大人国。这个国家的人，一个个都异常高大。这些大人，在母亲的肚子里孕育三十六年才出生，刚出生头发就是白的，初生的婴儿已经是魁梧奇伟的巨人，还没学走路就会腾云驾雾。他们原来是属于龙的族类，远古时那个在东海钓鳌的龙伯国大人就是他们的先祖。

向北走就到了君子国。君子国的人衣服帽子都穿戴得整整齐齐，腰间悬挂着宝剑，使唤两匹斑斓大老虎做他们的仆人。大家都谦让有礼，从来没有争端。人人寿命都很长。

再向北走，经过水神天吴住的朝阳谷，就到了青丘国。青丘国的人吃五谷，穿丝帛。这国家出产一种狐狸，四只足，九条尾巴，到天下太平的时候，它就出现在世间，显示祥瑞。禹在涂山结婚以前遇到的，就是这种狐狸。

再向北去就到黑齿国。黑齿国的人一个个牙齿漆黑，是帝俊的后代子孙。他们也吃饭，只是拿蛇当菜肴，经常有一条红蛇和一条青蛇躺在他们的身旁。

再向北去就是毛民国。毛民国人的脸上和身上都长着箭镞般的硬毛，形体短小，终年不穿衣服。他们是天神绰人传下的后代子孙，姓依。原来禹的曾孙修鞈把绰人杀了，禹哀怜他无辜被杀，便暗中使他复活转来，把他搬到这里，让他的子孙繁衍成为一个国家，就是这毛民国。

再向北去，便到了东方海外最后一个国家：劳民国。这国家的人，手足面孔全是黑的，样子慌慌张张，走着、站着、躺着全不安定。手上一点事也没有，却显得忙碌极了，所以才有人叫他们作“劳民”。大家都这么叫，渐渐就成了这一国的称号。

北方海外诸国

游历完了东方海外的国家，再从东海转到北海。

北方海外第一个国家，是跂踵国。这国的人足关节长得和一般人不一样，走路时足跟够不着地面，只能用五个足趾头走，所以叫他们作“跂踵”。又说他们的足是反转生的，本来向南方走路，足迹看来却正向着北方，所以又叫他们作“反踵”。

再向西去就到了夸父国。夸父国的人就是那和太阳赛跑、因为口渴半路上死掉了的夸父传下来的后代子孙，他们一个个身材都极高大，右手握着一条青蛇，左手握着一条黄蛇。国都东边是一片绿叶茂美、鲜果累累的桃林，名叫“邓林”，就是从前追赶太阳的夸父临死时抛下他手里的杖变化成的。

从夸父国往西去就是聂耳国。“聂耳”又叫“儋耳”，一国的人都长着一对大而长的耳朵，一直垂到肩膀下面，走路时须用两只手握住它们。有的说他们的耳朵大到在睡觉时可以拿一只来作褥子，一只来作被盖。他们是东海海神禺虢传下来的子孙后代，每人使唤两只花斑大老虎做仆人。

再向西就到了无肠国。无肠国又叫无腹国，这国的人，身材都很高大，可是肚里却没有肠子，吃下的东西，没有经过消化，就一直通下去，排泄了出来。

再往西就是一目国。一目国的人只有一只眼睛，长在脸的中央，姓威，据说是少昊传下来的子孙。

再向西走，就到了北方海外最后一个国家：无启国。无启国又叫“无继国”。“无继”，就是没有后嗣的意思。没有后嗣又怎么能有国家呢？原来他们住在山洞里，生活简单，没有男女的区别，死了就埋在地下，心房的跳动并不停止，过了一百二十年，又能从泥土里爬出来重新生活。这样活了又死，死了又活，死一次好像睡一次大觉，其实是长生不死。所以虽然没有后嗣，国家却照常兴旺。

西方海外诸国

游历完了北方的国家，然后从北海转到西海。

西方海外邻近无启国的第一个国家，是长股国。长股国又叫长脚国，一国的人脚都极长，有说长到三丈，又有说还看见长脚国人背了长臂国人到海里去捕鱼。据说后来的踩高跷，就是从长脚国人那里模仿来的。

朝南走就到了白民国。白民国人是帝俊的子孙后代，他们全身都是白的，连头上披的头发也都是白的。国里出产一种走兽，名叫“乘黄”，样子像狐狸，背上有两只角，跑起来飞也似的快，因此又叫“飞黄”。后来人们所说的“飞黄腾达”这个成语，就是这么来的。人若是骑了它，据说寿命有望达到两千岁。

白民国的南方，是沃民国。这地方是一片肥沃丰饶的土地，鸾鸟在这里唱歌，凤凰在这里跳舞，各种飞禽走兽都在这里和睦相处。遍地都是凤凰蛋，沃民国的人就吃凤凰蛋；又有天上降下来的甘露，可以当作饮料。

再向南去就是穷山附近的轩辕国。这国的人个个都长寿，那短命死掉的，也有八百岁。他们都是黄帝的子孙，人的脸，蛇的身子，尾巴缠在头上，相貌长得和古代的天神差不多。

再往南就是女子国。国里都是女子，没有一个是男人。快成年的少女，只要到黄池去洗个澡，就会怀孕。若是生下男孩子，最多三岁便死掉；只有女孩子，才有望长大成人。

再朝南就到了丈夫国。这一国的人通为男子，没有一个是女人。他们的衣服帽子都穿戴得整整齐齐，腰间还悬挂着宝剑，充分表现出男子的威武气概。这一国为什么都是男子呢？据说在殷代，有一个国君叫太戊的，派遣王孟带一群人到西王母那里去请求不死药，经过这里，断绝了粮食，再也没法前进了，只好就住在这荒山老林里，采树上的果实来当食物，剥下树皮来做衣服，于是自成一国，叫丈夫国。他们一辈子单身，却每人都能生两个儿子。两个儿子都从他们的形体中生出来，刚生出来时还只是影子，到影子凝成形体时，他们本人就死去了。

再往南走，经过几个地方，就到了奇肱国。奇肱国也有说是奇股国。“奇肱”是说只有一只手，“奇股”是说只有一只足，推想起来，说是“奇股”或者更合理些。据说这国的人擅长制造各种灵巧的机械来捕捉鸟兽，还能制造飞车。殷汤时候他们曾经制造一辆飞车试飞到豫州地方，给那里的人毁坏了，十年以后东风吹来，豫州人才又照原样做了一辆将他们送回去。据说他们每人都有三只眼睛，当然，这对于制造机械是很用得着的。他们又常骑一种叫作“吉良”的白色花斑马，这马有着红色的鬣毛，颈子像鸡的尾巴，眼睛像黄金，又叫“鸡斯之乘”，据说骑了它的，寿命有望达到一千岁。

再向南去，就到一臂国。这国的人，只有一只手臂，一只眼睛，并且连鼻孔也只有一个。他们实际上就是所谓的“半体人”，要两个半体人合起来才能够自由行动。有的古书上记述的“比肩民”，大约就是这一种人。国里出产一种老虎斑纹的黄马，也只有半边身子，一只眼睛，一只前脚。

再朝南走，就到了三身国。三身国的人是帝俊的后代子孙，帝俊的妻子生了三身国的祖先，一国的人全是一个脑袋三条身子。

游历到这里，四方海外的国家就算是游完了。

拾叁 龙伯钓鳌

禹所游历的海外国家，虽然号称“四海”，其实只是一个模糊的概念，大约在古人的观念中，连较大的沼泽或湖泊也可以算是“海”的。就中国整个地形看，只有东、南两方才真有海，它形成的原因古代神话已经替我们做了很好的解释：说是共工和颛顼争神座，怒触不周山，使东南大地陷下一个深坑，大川小河的水都往那儿流，这就形成了海洋。

但是，人们也许会发愁：大川小河的水，这么天天向海洋灌注，难道海洋就没有涨满的一天吗？如果涨满了，海水溢出来，人类岂不是又要遭殃吗？

请不要发愁，又有神话来做解释了：原来据说在渤海的东边，不知道几亿万里的地方，有这么一个大壑，名叫“归墟”。百川海洋的水，通通往那儿流，归墟里面的水，却总保持着平常的状态，既不增加，也不减少。——哦，既然有这么个无底大壑来容纳百川海洋的水，当然就用不着我们发愁了。而且由此还引出一个瑰丽动人的神话故事——

巨鳌戴山

归墟里面，有五座神山，就是岱舆、员峤、方壶、瀛洲、蓬莱。每座神山高有三万里，周围也是三万里。山和山的距离是七万里。山上有黄金打造的宫殿，白玉筑成的栏杆，神仙们安乐地住在那里。那上面所有的飞禽走兽都是白颜色。到处都生长着坠满珍珠和美玉的树，这些树也开花也结果子，结的果子就是美玉和珍珠，味道很不错，吃了可以长生不老。仙人们都穿着纯白的衣裳，背上生有小小的翅膀。常见这些小仙人，在大海上面，在碧蓝的高空中，像鸟一样自由地飞翔着，往返于五座神山之间，探望他们的亲戚朋友。仙人们的生活委实是快乐而幸福的。

在快乐幸福的生活中，就只有一桩事情不妙：原来这五座神山，都是漂浮在大海中的，下面没有生根，一遇风波，便会漂流无定，这对于神仙们彼此往来，非常不便。

有了这样的困难，他们就派代表到天帝那里去诉苦。

天帝知道了这种情由，心里忖度了一下：神山漂流无定倒是小事，一旦风波过大，使无根的神山漂流到北极去，沉没在大海里，失掉了仙人们的住居地，却很可虑。因此他命令北海海神禺强，赶快替诸仙想个妥善的办法。

这禺强，原本是天帝嫡亲的孙子，既是北海海神，又兼北海风神。当他以海神的姿态出现的时候，他就是人的脸，鱼的身子，有手有脚；当他以风神的姿态出现的时候，他就是人的脸，鸟的身子。

这海神兼风神的禺强，接受了天帝的命令，丝毫不敢怠慢，连忙调遣了十五只大黑乌龟到归墟去，把五座神山用头顶起来。将它们分为五组，每三个一组，一个顶着，其余两个便在下面守候着，六万年交替一次，轮流负担。

顶神山的乌龟们做这种工作，起初还老实，后来就有些调皮了。有时，它们顶着顶着也会突然兴致发作，大伙儿一起，在沧海中拍打着它们的脚爪，快乐地舞蹈起来。这种无益的游戏，当然又会使神山上的神仙们受点小小的苦恼，但比起先前所受的风波漂流之苦，也算不得什么了。仙人们都欢喜无尽，又幸福平安地过了若干万年。不料有一年，龙伯国的一个大人来做了一次无心的捣乱，又使得仙人们遭受了一场天大的祸殃。

龙伯钓鳌

龙伯国原来是一个大人国，住在昆仑山北方不知道几亿万里的地方。这国家的人都是龙的种族，所以称为“龙伯”。且说其中有个龙伯国的大人，大约因为闲着没事干，闷得心慌，就带了一根钓竿，到东方海外的大洋中去钓鱼。他的两只脚刚一下水，就到了归墟五神山的地方；再走几步，五座神山就给他周游遍了。他举起钓竿来一钓，便被他接二连三地钓起来了六只长久没有吃食物的大乌龟。他也不管三七二十一，把乌龟背在背上，就朝家里跑；回到家里，还把六只乌龟的壳都剥了下来，作占卦用。可怜岱舆和员峤两座神山，因为失去了乌龟的顶戴，便漂流到北极，沉没在大海里，累得两座神山上的仙人们，都慌慌忙忙地搬家，带着一切家具什物在空中飞来飞去，累得满头大汗。

天帝知道了这回事情，大发雷霆，便施出他强大的神力，把龙伯国的土地尽量削小，把龙伯国人的身子尽量缩短，以免他们再出去到处惹祸。到若干年代以后，这一国人的身量已经缩短到无可再短了，但据当时的人描述，他们也都还有好几十丈高呢。

归墟里的五座神山，沉没了两座，只剩蓬莱、方丈（即方壶）和瀛洲三座，还叫那些大乌龟用它们的头顶着。乌龟们自从受了龙伯国大人的教训以后，确也老实和安静多了，它们一直好好地顶着神山，再没听说出过什么乱子。

拾肆 牛郎织女

大海是最能启发人的想象力的，所以有归墟五神山神话，又有天河与海相通神话及由此而引出的牛郎织女神话。先说天河与海相通神话——

天河异闻

旧时民间相传说天河和大海是相通的，近世有人居住在海滨的小岛上，每年八月都看见有木筏子从海上漂浮了来，不久又漂浮了回去，时期从无差错。住在海岛上的这个人忽然产生了一个奇怪的念头并付诸实践。他趁木筏来时在上面建造了一间能够蔽风雨的小板棚，带上充足的粮食，坐上木筏，让它随着海波自然漂去。

起初十多天中，每天照常还能看见太阳、月亮和星星，以后就恍恍惚惚，连白天和夜晚都分辨不出来了。这样又过了十多天，忽然漂流到了一处地方，看来略具城郭的规模，城里的房屋也是整整齐齐的；远远望去，楼上还有许多妇女在织布。又看见一个男子，牵了头牛正到水边来给牛喝水。牵牛人看见他，便吃惊地问：

“你怎么会到这里来的？”

这人就把他来到这里的经过大略叙述一番，说完又问这是什么地方。

牵牛人回答说：“你回到蜀郡去访问严君平，自然就知道了。”

这人听见这么说，竟不上岸，仍随着木筏漂了回去，和每年木筏去来的时期一样。

后来这人因事到蜀郡去，找到了在成都市上卖卜的严君平，严君平向他说：“某年某月，有客星犯牵牛宿。”推算所说的年月，正是这人乘木筏浮海见到牵牛人的那天，才知道牵牛人原来是牛郎，自己原来是到了天河。

牛郎织女

牛郎织女神话，原是一个古老的神话故事，民间世代相传，使它的内容不断得到丰富。下面就是近世所传比较完整的一个——

相传织女是天帝的孙女，或说是王母娘娘的外孙女，这都不用去管它了。总之，有这么一个仙女，住在银河的东边，用了一种神奇的丝，在织布机上织成了层层叠叠美丽的云彩，随着时间和季节的不同而变幻它们的颜色，叫作“天衣”，就是给天穿的衣裳。天也和人一样，是要穿衣裳的，虽然碧蓝如洗的青天也自有它的美丽。做这种工作的，除织女以外，还有别的六位年轻的仙女，都是织女的姊妹，也都是天上的织造能手，织女在她们当中，是最勤勉、努力的一个。

隔着那条清浅、闪光的银河，就是人间。在那里住着一个牧牛少年，叫作牛郎，他的父母早死去了，常受哥嫂的虐待。后来，哥嫂要和他分家，给了他一头老牛，叫他自立门户。

靠了老牛的帮助，牛郎在荒地上披荆斩棘，耕田种地，盖造房子。一两年后，居然营建成了个小小的家，勉强可以维持生活。可是除了那头不会说话的老牛以外，冷冷清清的家里只有他一个人，日子过得相当寂寞。

有一天老牛忽然口吐人言，告诉他说，织女和别的仙女将要到银河洗澡，叫他趁她们洗澡的时候，夺取织女的衣裳，就可以得到她做妻子。惊诧的牛郎听从了老牛的话，到时候悄悄去到银河岸边芦苇丛里躲着，等候织女和她的女伴们来临。

不多一会，织女和美丽的仙女们果然来到银河洗澡，脱下轻罗衣裳，纵身跃入清流，顷刻之间，碧绿的水面上就好像绽开了朵朵白莲。牛郎从芦苇里跑出来，从青草岸上拿走了织女的衣裳。惊骇的仙女们急忙穿上自己的衣裳，像飞鸟般地四下逃散，银河里就只剩下那个没有衣裳不能逃走的织女。牛郎要她答应做他的妻子，他才能还给她衣裳。织女只得含羞地点点头。这样，她就做了牛郎的妻子。

结婚以后，男耕女织，相亲相爱，生活过得非常美满幸福。不久，他们生下了一儿一女，都是可爱的孩子。夫妻们原以为能够终身相守，白头到老。

哪知道天帝和王母娘娘查明了这件事情，大为震怒，马上派遣天神，去把织女捉回天庭问罪。王母娘娘怕天神办事疏忽，还亲自跟去观察动静。

织女和丈夫、孩子惨痛分离，被天神押解着回天庭去。牛郎见爱妻去了，悲痛万分，立刻用箩筐挑了儿女们，连夜跟踪追去。他原打算渡过那清浅的银河，一直赶到天庭。哪知道到了银河的地方，却找不到银河的踪影。抬头一看，原来银河已经被王母娘娘用法力搬到了天上。在苍蓝色的夜空中，银河还是那么一条清浅闪光的水流，可是已经仙凡异路，再也不能够接近它了。

牛郎回到家里，抱着失掉妈妈的儿女，顿足捶胸，号啕大哭，爷儿三个哭作一团。老牛在牛圈里第二次又发出人声：

“牛郎，牛郎，我快要死了！我死之后，你剥下我的皮来披在身上，就可以上天堂去。”

老牛说完话，马上倒地死去。牛郎果然披了老牛的皮，仍旧挑着一对儿女，追上天去。为使箩筐的两头重量均衡，他随意抓了一个粪瓢来放在箩筐的一头。

牛郎到了天上，风一样地穿行在灿烂的群星之间。那银河已经遥遥在望；隔河的织女，也仿佛可以看见。牛郎大喜，孩子们招着小手齐声欢呼：“妈妈！妈妈！”哪知道刚跑到银河边，正想要渡河过去的时候，从更高的天空中忽然伸下一只女人的大手——原来是王母娘娘发了急，伸手拔下她头上的金簪，沿着银河这么一划，清浅的银河就变成了波澜滚滚的天河。

牛郎和他的儿女对着这天河，除了眼泪像天河里的水一样地汹涌奔流以外，又有什么法子可想呢？

“爹爹，我们拿这粪瓢来舀干天河的水！”小女儿终于揩干了眼泪，天真而又倔强地提议。

“对，我们来舀干天河的水！”悲愤的牛郎毫不犹豫地答应了。

说着，他果然就拿起粪瓢，一瓢一瓢地去舀那天河的水。他舀得倦乏了，儿女们又合力用他们的小手儿来帮爹爹舀。这坚强而执着的爱心，终于也稍稍感动了那威严的天帝和王母娘娘的冷硬的心肠，就允许他们每年七月初七的晚上相见一次，相见的时候，由喜鹊来替他们架桥。夫妻俩就在桥上相会，诉说衷情。织女见了牛郎，免不得悲哀哭泣，这时大地上往往就是一阵细雨纷纷，妇女们都忍不住带着同情和哀伤的口吻说：“姐姐又哭了！”

牛郎和他的儿女从此就住在天上，隔着一道天河，和织女遥遥相望。他们互相想念的时候，也自有巧妙的方法，传书递信，互通消息。在秋夜天空的繁星中间，至今我们还可以看见有两颗较大的星，在那条白练样的天河的两边，晶莹地闪烁着，那就是牵牛星和织女星。和牵牛星并列成直线的有两颗小星，是他俩的小儿女。稍远地方有四颗像平行四边形的小星，据说就是织女投掷给牛郎的织布梭；离织女星不远有三颗小星，像等腰三角形，据说就是牛郎掷给织女的牛拐子。他们把书信缚在梭和牛拐子上，就用这种方法来传达相互的思念之情。——他们的爱情，真可算是海枯石烂、坚定不移了。

拾伍 穆王西游

我们在“射日奔月”节中提到的将不死之药赐给羿的西王母，她原本是中国神话里一个重要的人物，许多神话故事中都有她的踪影。她本来的形象是模样像人，却长着豹子的尾巴，老虎的牙齿，披头散发，头上戴了一支玉胜，善于啸叫，光景怪可怕的。她是天上掌管瘟疫刑罚的神。后来神话流传演变，她的形象和性格才渐渐被温和化了：或把她描写成一个仙人，赐给羿不死药便是仙人西王母的开端，沿着这条路子发展下去，她便成了在瑶池设蟠桃宴宴请众仙的王母娘娘；或把她描写成一个王者，本节中所述的周穆王西游见西王母的故事便是王者西王母的开端，以后又发展演变为汉代石刻画像和民间传说中的东王公与西王母相会的故事，这中间的西王母，虽然也带着几分仙气，但基本上是王者的形象。现在就把有关穆王西游的神话故事简单叙写在下面——

化人幻戏

周穆王是周王朝初期一个有名的王。那时王朝的声威和德望虽然开始衰微，但国力还是相当强盛的。穆王喜欢到处巡游，他的车辙马迹，几乎布满天下。

吸引穆王出去巡游的是从西方极远地方来的一个神通广大的人，名叫化人。这人能跳进火里不伤毫发，能站在半空中不掉下来，能把一座城市从东方搬到西方，能毫无阻挡地穿墙入壁，等等。穆王见到他，几乎把他当作天神下凡，招待他是无微不至地周到。

一天，穆王在别殿摆下酒宴款待化人，刚喝过两杯酒，化人就邀请穆王到他那里去玩。穆王也不推辞，就拉着化人的衣袖，腾空上升，一直到了半空，才停下来。然后由化人导引着，走向他居住的宫殿。

化人的宫殿辉煌灿烂，到处装饰着珍珠和美玉。穆王在这里享受着丰厚的款待。

化人又请穆王到别处去游玩。所到之处，不见别的东西，只见各种各样美丽的光影和色彩，照得穆王眼花缭乱；又听见各种各样悦耳的音乐，使穆王的心魂都震荡得收拾不住了。

穆王不敢久留，请求化人带他回去，化人用手将穆王一推，穆王就从半空中坠落下来，仿佛从梦中惊醒一般。

穆王睁开眼睛一看，原来还坐在别殿上，左右的侍从都在，案上的酒菜还正冒着热气。

这一来便惹得穆王游兴大发，心想神游都这么有趣，真到各处去游玩一下，那不知道更要有趣多少倍呢。于是穆王连国事也不管了，人民也不顾了，决心驾着他那八匹骏马拉的车子，去周游天下。

周穆王见西王母

穆王这八匹骏马，原是那有名的御者造父，从夸父山上得来的野马，经过驯养以后献给穆王的。它们的名字是：骅骝、绿耳、赤骥、白牺、渠黄、腧轮、盗骊、山子。它们有的奔跑起来能够足不践地，有的比飞鸟还快，有的一个晚上能跑万里，有的背上还生有翅膀，能在天空飞行，等等。

穆王要去巡游天下，就叫造父替他驾了八匹骏马拉的车子，带领了随从卫队，选了个好日子，启程前去。

巡游的路线是先到北方，再转西方。他在阳纡山见过水神河伯，在昆仑山游览过黄帝的宫殿，在赤乌族接受了赤乌人奉献的美女，在黑水封赏了殷勤接待他的长臂国人……然后，八匹骏马拉的车子载着他一直驰向大地的西极，到了太阳进去的崦嵫山，见到了他平时思慕已久的西王母。

穆王拿着白色的圭、黑色的璧和一些彩色丝带去奉献给西王母，西王母高兴地接受了。第二天穆王就在瑶池设下筵宴，款待西王母。豹尾虎齿的西王母，这时已经化身作雍穆的人王。在酒席上，她为主人吟诵了一首很风雅的诗。穆王满怀高兴，也赋诗答和。他俩一唱一和，极尽宾主欢宴的乐事。

宴罢，穆王便驾着车子，登上崦嵫山的山顶，在那里叫人立了一块石碑，刻上五个大字："西王母之山"。他又在石碑的旁边亲手栽了一棵槐树，作为纪念。

临别时候，西王母忧伤地赋了一首诗，表示她对周穆王的惜别和期望。那诗道——

自从我来到西方，
就住在西方的旷野；
老虎和豹子和我同群，
乌鸦喜鹊和我共处。

我守着这一方土地而不迁移，
因为我是华夏古帝的女儿。
只可怜我那些善良的人民呀，
他们又将和你分别，不能跟随你去。

乐师们吹奏起笙簧，
心魂在乐声里翱翔；
万民的君王呀，
只有你是上天的瞩望。

于是大家才互道珍重，依依不舍地分了手。

偃师献技

周穆王在从西王母之邦回国的途中，有人奉献了一个手艺很精巧的名叫偃师的工人给他。他问偃师："你有什么本领？"偃师回答说：

“王上要我做什么我就能做什么。目前我已经做好了一件东西，先请王上看看。”

第二天，偃师和一个身穿奇装异服的人同来谒见穆王。穆王接见了他们。

偃师告诉穆王：这就是他制造的一个会唱戏的人。穆王仔细一看，这个人的一举一动，简直就和真人一般无二，不禁有些吃惊。就叫他宠爱的妃子盛姬和宫眷们都出来看怪人唱戏。

怪人开始了演唱。他一面唱歌，一面舞蹈，摇着头儿，动弹着细瘦的胳膊和腿儿，唱得有板有眼，舞得也非常合乎节拍，千变万化，随心所欲，一点不给人以呆板的感觉。穆王越看越疑心，暗想：这可不实实在在就是一个真人吗？

临到演唱快要结束，只见那怪人色迷迷地瞧着穆王左右的姬妾，眼睛不住地瞬动着，向着这些美人儿表示他的爱意。

这下子可完全给穆王看出马脚来了。穆王勃然大怒，马上命人把敢于愚弄他的偃师推出去斩首。

偃师吓慌了，赶紧抓住那个还在那里做不知趣的卖弄风情表演的怪人，拧下他的脑袋，拉下他的手脚，剖开他的胸膛。原来都是些皮革、木头，调配上花花绿绿的颜料和胶漆制成的；里面的肠子、肚子、心子、肝子、腰子、肺叶子，外面的筋骨、肢节、皮毛、牙齿、头发等，无不应有尽有，可是每样东西都是假的。把这些假东西一件件拼凑起来，成为一个完整的人的时候，刚才那种卖弄风情的光景又出现在眼前了。

穆王见了，大为诧异，试叫人把怪人的心脏摘去，怪人马上就唱不出歌声；把肝脏摘去，怪人就成了睁眼瞎，不辨东西南北的方向；把肾脏摘去，怪人的脚就一步也不能走动。穆王这才满心欢喜，叹口气道：

“人工的巧妙竟至于要和大自然的巧妙相媲美，真可算是‘巧夺天工’了！”

于是下诏叫人准备一辆华丽的马车，放在自己车子的后面，把工匠偃师载回国去。

拾陆 老子出关

周穆王西游以后，过了三四百年，到春秋时代末期，又有带仙话意味的老子出关的神话故事传述下来。老子出的关，是函谷关，在如今河南省灵宝县西南；他出关的目的，是想到西方的流沙去，所以也算是西游，是老子的西游。关于老子的神话故事，很零碎繁琐，连缀起来，大略是这么说——

老子诞生异状

据说老子的母亲在生他之前，就已经怀了七十二年孕，剖开左边的腋窝才生出他来，他刚出世就是一个白头发白胡子的小老头儿，所以人们叫他作“老子”。又说，老子的母亲在一棵李树下生了老子，生下来就会说话，指着李树向他母亲说：“就拿这棵树的名称来做我的姓吧。”所以老子姓李。至于老子为什么名叫李耳又叫老聃，这都和老子的耳朵有关。据说老子的耳朵生得又长又大，有说长到七寸，这已经是“两耳垂肩”，大有福相了；还有说老子的耳朵长到七尺，那就真是长得惊人，足以和大耳国的先生们媲美了。所以老子才名叫李耳又叫老聃；聃，意思就是耳朵长大下垂的样子。

还有一些关于老子的神奇传说。有说老子骑了白鹿走进娘胎里面；还有说老子能够隐去自己的身子，消除留下来的足印；更有说在老子诞生地濑乡的老子庙里，有九口井，人们任便汲取其中一口井的水，其他八口井的水都会动荡起来，等等。有了这些传说，老子在人们的心目中自然便成了神仙。

老子比孔子出生的年代稍微早一点。据说他做过周王朝的守藏史，用现在的话说就是国家图书馆馆长。做呀做的大约做得有些厌烦了，就辞去馆长职务，仍然回故乡去隐居起来。当孔子五十一岁的时候，曾经带了几个得意的学生到南方的楚国去向老子请教过“道”——“道”的概念大致相当于我们现在所说的真理。当然两个人的道是很不相同的：孔子讲的是入世的道，老子讲的是出世的道，谈了一会儿，毕竟话不投机，终于分了手。不过孔子对于老子丰富的人生经验和学问还是很佩服的，从老子那里确实也学到了一些东西，所以人们都说老子是孔子的老师。

老子身上好像也真有点仙气。自从孔子走后，住在家乡的老子，眼见王室衰微，诸侯跋扈，到处干戈扰攘，乱糟糟的，自己既没办法，看着又实在头痛，就决心到人烟稀少的西域去隐居起来，图个耳目清净。于是料理一下家事，收拾点简单的行李，驾上一头青牛，挽了一辆薄板车，自己坐在车上，向着西方的函谷关慢慢走去。

老子与关尹喜

守函谷关的一个官儿，名叫关尹喜，平时修仙慕道，是有点“道根”的人。老子还没来时，他用数术推断，便知道将有真人要从这道关口经过。于是他便天天站在关楼上望气，等候着这位真人到来。好几天以前，他就望见有一大股紫气，从东方冉冉而来，越来越近。这天中午，果然看见老子驾着青牛薄板车，慢条斯理地从关隘下面走了过来，看上去他似乎还半闭着眼睛、摇头晃脑地在车上打瞌睡呢。关尹喜一看，知道这个大耳朵老头子，正是他日夜盼望的异人。于是赶紧率领关上的僚属和兵丁，去把老子热情地迎接着，央挽他留下来，一住就是好几天。除了拿丰盛的酒饭款待他和引导他去关前关后赏览风景而外，余下就是抱了一些竹片，拿了刀笔，到老子的住房去，连劝带逼，硬要老子给着几篇书才让他走。

老子没有办法，只好又用了十多天工夫，拿起刀笔，细眯着眼睛，边思索边写划，在这些竹片上写下了“道可道，非常道……”五千多个大字，分作上、下两篇，算是勉强交了卷。这书本来没有书名，后人因为它上篇开头有个“道”字，下篇开头有个“德”字，便给它取名叫《道德经》，又叫《老子》。

老子把他写的论文完篇交卷以后，又住了两三天，终于辞谢了主人盛情殷意的挽留，仍驾着他的老牛破车，出得函谷关口，到西方昆仑山附近的流沙一带隐居起来。

临别时候，他向主人关尹喜说：

“你好好在这里修道，满了一千天以后，到成都青羊肆来找我。”

关尹喜从此潜心修道，满一千天以后，果然到成都青羊肆去寻找老子。只见老子骑了一匹青羊，从天空中冉冉降落下来，就在那里点化关尹喜登了仙。后人在老子下凡度关尹喜的地方修了一座道观，叫作青羊观，现在叫青羊宫，在成都西郊文化公园旁边。宫里三清殿的左右还陈列了一对青铜铸的羊，多少年来已经被游客摸得闪闪发亮了。

拾柒 孔子绝粮

孔子见过老子以后，老子去他的流沙，孔子仍旧带着他的门徒弟子，坐了大车周游列国去。周游列国的目的，是想让国君们能够任用他，实行他的“道”，达到治国平天下的愿望。可是这个愿望，却始终没有达到。而且还在周游的过程中，遭遇到好几次灾难，都被孔子和他的弟子凭勇敢与智慧战胜、克服了。其中最大的一次，便是所谓“在陈绝粮”的那次——

孔子助子路奋战妖物

原来孔子东奔西跑了几年以后，到处寻找主子没找到，只得在陈国和蔡国之间一个小地方暂住下来，等候时机。恰好楚王派遣人来聘请他，老先生心里高兴，就想带着弟子去投奔楚国。这事被陈、蔡两国的大夫探听到了，怕强大的楚国任用了贤人孔子，将会对陈国和蔡国不利。于是两国联合起来，拼凑了一支军队，把孔子一行人包围在陈国边境的某地，既不杀害他们，也不捉他们去关监牢，而是企图让他们在围困中活活地饿死。

他们被围困了七天，七天当中几乎快断绝烟火，藜藿做的羹汤连米粒都难见到，大家都饿得有精没神，脸色很是难看。

有天晚上，弟子们吃过晚饭——也就是说，喝了半碗野菜汤之后，各自都懒洋洋地或躺卧或跪坐在屋里的席子上。孔子照例也坐在他自己的屋子里，紧一声慢一声地琤琤琮琮地弹琴，像是为了安慰大家，也安慰自己。

正在这个时候，忽然从大门外走进来一个陌生人，九尺多长的身子，头戴一顶高帽子，身穿一件皂罗袍，一进门就哼儿哈呀地大声呼叫，把屋子里的每个人都惊动了。

子贡赶紧披了一件衣服，跳出屋子，走到院子当中，问那怪人：

“你是谁？”

怪人也不答话，只是用一对绿幽幽的混浊不清的眼睛看着子贡，看了一会儿，忽然大吼一声，伸出一双毛毵毵的粗壮的手，捉住子贡的两边腋窝，往上一提，往左一甩，顺势就将子贡挟在自己的腋窝下。子贡大喊求救，怪人回身便走。子路提了一把宝剑，跳出屋去敌斗怪人。哪知怪人竟将子贡做了兵器，横挡住宝剑的袭击。子路只得丢了宝剑，徒手来夺子贡。两人把子贡横拖直曳了好一阵子，究竟子路力大，终于把子贡夺到了手。不管子贡是否已经躺在席子上奄奄一息了，子路却又凭着一双拳头，回转身去奋战怪人。两人在院中一来一往拼力战斗，战斗了二三十个回合，不分胜负。子路虽然勇猛力大，怪人却是伶俐滑溜，闪避的功夫着实了得，所以战斗多时，子路还是拿他没有办法。

这时孔子和弟子们都从屋里走了出来，正站在庭阶前观战。孔子见那怪人在战斗时，他的两边腋窝总是一张一合的，恰像一对大手板在那里拍巴掌。孔子心里感到奇怪。看了一会儿，慢慢看出点门道来了，便向子路喊道：

“伸进他的腋窝去，抓住他！”

子路果然觑了个空子，猛地把手插进怪人的腋窝，牢牢抓住他的肋骨，用力一拖，怪人站脚不住，一跤跌倒在地上。一看，原来并不是人，却是条大鲢鱼，从头到尾足有九尺长。在地面上弹跳了几下，便死得软不溜秋的了。子路抓住的，乃是它的腮帮子，两旁各有一条鳍，这大约就是它用来战斗的胳膊，也就是孔子刚才所见的拍巴掌的大手板。

弟子们一见这光景，个个惊叹不止。孔子走下庭阶去，将那怪物再仔细察看一番，忍不住点头叹息说：

“这怪东西，是怎么来的呢？我听说凡是东西老了，各种精灵都会依附在它的身上，变成精怪。这大鲢鱼怕就是成精的老怪吧？大约因为我时运不济，遭了灾难，所以这家伙才趁火打劫，跑到这里来和我们捣乱。现在既然给我们捉住了，大家的肚子又正饿，这就是妖怪自动送粮食上门。明天我们把它煮来吃了就是，没有什么可怕的！”

说完这番话，孔子仍旧去弹琴唱歌。不等到第二天，弟子们已经七手八脚地把这条大鲢鱼剖解开来，剔骨留肉，剁作碎块，煮了一大鼎锅，每人各吃两大碗，觉得除了肉稍粗糙点，滋味倒还相当不错。吃了鲢鱼，不但没有出任何岔子，连害病的都从席子上翻爬起来，霍然而愈。第二天一早起身，大家都兴致勃勃，弹琴的弹琴，唱歌的唱歌，舞剑的舞剑，简直不像是被围困，倒像是在过佳节。

杜三娘穿九曲珠

陈、蔡两国的军队见围困孔子围了这么多日子了，不但没有将他们困死，反而愈围困愈觉得他们精神抖擞。终于无计可施，只得派人给孔子送了一颗九曲明珠去，说只要能够用丝线穿过这颗珠子，就解围放他们离去。

孔子和弟子们拿着九曲明珠，研究了好久，也试用丝线去穿它，穿了不知道有多少次，却总是无法穿过去。

“哦，想起来了，”孔子忽然高兴地说，“不久以前，当我们离开卫国、来到陈国的时候，路上不是遇见两个采桑姑娘在树上采桑吗？当时我和她们开玩笑，随口说了一句：‘南枝窈窕北枝长。’年纪稍大的姑娘马上回答我说：‘夫子行陈必绝粮；九曲明珠穿不得，回来问我采桑娘。’我以为这姑娘也不过是在和我开玩笑，所以不久就将这事忘记了。现在回想起来，她说的话一定有她的道理，看来还得派人去请教她才行呢。”

子贡自告奋勇，愿意去走上一遭，孔子就将这桩差使派给了子贡。

子贡回到卫国的边境，找到原先姑娘采桑的地方，但是已经不见姑娘的踪影，既不知道姑娘的姓名，又哪里去寻访她呢？

子贡细看桑树的下面，堆了一大堆土；不远的地方，又堆了三堆小土。子贡脑筋灵敏，猜想“桑”的共名是“木”，木旁堆土是个“杜”字，不远又有三堆小土，姑娘可能行三，叫“杜三娘”——这大约是姑娘预先采取的措施，示意叫人去寻访她吧？

正在这么想时，恰遇着一个樵夫挑着柴担子从路旁经过，子贡便试问樵夫：

“请问前村可有个杜三娘吗？”

樵夫只微笑着，并不答话，却顺口吟哦了一首诗——

芦塘荻渚绕华房，
瑶草疏花傍粉墙。
行过小桥流水北，
其间便是杜家庄。

子贡依照着樵夫诗意的指引，果然在杜家庄找到了杜三娘的住处。子贡去拍门，但是开门出来的人却说："姑娘不在家。"送给子贡一个西瓜，呯的一声关上了门。

"奇怪，这是什么意思呢？"子贡掂着手上的这个西瓜，疑惑不解地自言自语说。

毕竟子贡心眼灵活，他忽然想道："送给我西瓜，那就是说，瓜子在西瓜里面，人也还在家里，并没有出去。"

于是他又去敲门。这回可真是杜三娘笑嘻嘻地亲自开门出来了，子贡便把他们现在遭受的厄难，以及需要穿过九曲明珠的难题，向杜三娘简单诉说了一番。

"这有什么难办呢，"杜三娘说，"你只要拿点蜜把丝线涂一涂，然后找个蚂蚁，将丝线拴在蚂蚁的腰上，让蚂蚁去钻那明珠的孔就行了。如果它不肯钻，只消用烟子熏它一熏，自然就钻过去了。"

子贡一听这办法，讲得真是既简单又很有道理，便着实谢了杜三娘，回来用她传授的方法一试，果然很容易就穿过了九曲明珠。陈、蔡的军队只得履行诺言，自动地解了围，让孔子和他的弟子们唱着胜利的凯歌，从容离开那里，走向新的征途。

拾捌 公冶长

孔子的学生很多，各有特殊的本领，其中最有意思的一个，要算是公冶长了。

公冶长有一种最奇特的本领，就是他懂得各种鸟雀的语言。在上古时代，只有一个和大禹同治洪水的伯益能够和他媲美，因为伯益也是懂得各种鸟雀的语言的。在近世，则有介葛卢，懂得兽的语言，曾经在鲁僖公的朝堂上，听到牛鸣，便知道那牛生过三只牛犊，全用作牺牲了。鸟和兽，据说也像人一样，都有它们各自的语言，可惜人们不懂得它，或者懂得它的人太少。因而“公冶长识鸟音”的故事就在民间流传开了——

鸟语清溪冶长系狱

有一次，公冶长从卫国回到鲁国，经过鲁国边境地方，忽然听见树林里有一群鸟雀在那里噪叫，互相呼唤：

“到清溪去吃死人肉啊！到清溪去吃死人肉啊！”

公冶长心里暗暗纳罕，还是继续走他的路。

不久，看见一个老太婆，坐在大路旁边哭泣，哭得非常伤心。公冶长问她为什么哭，老太婆说：

“我的儿子前天出门，直到现在还没有回来，多半是给人谋害死了，连尸首的影子都找不到——天哪！”

“您不要急，”公冶长说，“刚才我听见一群雀儿在树林里呼唤，说什么‘到清溪去吃死人肉啊’，您前边去看看，说不定就是您的儿子遭了凶呢。”

“咦，你是什么人啊？——你怎么知道雀儿说话的事呢？”

“老太太，我叫公冶长，是懂得点这门学问的。”

老太婆把“公冶长”这个名字在心里记住了。于是跑到清溪去一看，果然躺了具尸首在那里，正是自己的儿子。老太婆登时呼天抢地地喊起冤来，一状告到村公所。村官问老太婆：

“凭什么你知道你的儿子是死在清溪的？”

“路上遇见的公冶长告诉的。”老太婆说。

“这就奇怪了，”村官沉吟地说，“公冶长如果不杀人，就断不会知道得这么清楚……”

于是派人去把公冶长提了来，往县上送，关在县衙门的监牢里。

狱官问公冶长：

“你为什么杀人？”

公冶长分辩说：

“我从来不杀人，只是懂得点鸟雀的语言。”

于是把先前怎样听见鸟雀们在树林里呼唤“到清溪去吃死人肉啊”的事向狱官一五一十地诉说了一番。

狱官听了半信半疑。想了一想，说：

“那么这样吧，权且收监，找一个试验的机会。你若是真懂得鸟语呢，自然无罪释放；若是不懂装懂，就证明确实是杀了人，只好抵罪，再没二话可说。”

公冶长仍然被关进监狱，等候试验的机会。一直关了六十多天，监狱附近，并不见鸟雀的踪影。

有一天，狱门的栅栏上，忽然飞来了几只雀儿，站在那里，叽叽喳喳地叫个不休。公冶长见了雀儿，不说一句话，只是微微发笑。

狱卒一见这情况，就去报告狱官，狱官把公冶长叫到跟前，问道：

“雀儿叫些什么，惹你好笑？”

公冶长说：

“我听见雀儿们说：叽叽喳喳，白莲水边，翻了车子，倒了麦粟。泥泞车足，公牛折角。收之不尽，相呼共啄。”

狱官不相信，派人去验看了一番，果然一切都如公冶长所说。才知道他真个无罪，于是把他释放了。

御齐师侮受赏得妻

公冶长回到家中，赋闲在家，贫穷无以为生。有一天忽然飞来一只雀儿，绕着公冶长的屋子一边飞一边叫——

公冶长，公冶长，

南山有个虎驼羊；

你吃肉，我吃肠，

快去取来莫彷徨。

公冶长照着雀儿所说，一去就找到了那只死羊，拖回家去，和雀儿分来吃了。丢失羊的那家人追寻踪迹，来到公冶长的家，看见挂在墙壁上的一对羊角，正是所丢失的羊的角。于是认为公冶长偷了他的羊，告状告到鲁君驾前。鲁君传公冶长去讯问，公冶长分辩说是听了雀儿的话；鲁君不相信人能听懂鸟雀的语言，便把他下了狱。

公冶长下狱的事，给老师孔子知道了，孔子素来了解他这个学生既有奇才异能，平时为人又清廉正直，绝不会干出偷盗之类无耻的勾当，便去向鲁君辩解、请求。可是鲁君以为证据确凿，难以宽恕，仍旧让含冤的公冶长关在监里。孔子只得叹息着走回家去，逢人便说：

“我这个学生虽然在绳索的捆绑中，却并不是他的罪过啊！”

公冶长在监狱里，过了一段时间。忽然有一天，又飞来一只雀儿，在监狱门外急促地边飞边叫——

公冶长，公冶长，

齐人出兵侵我疆；

沂水上，峄山旁，

快去抵御莫彷徨。

公冶长赶紧把雀儿的话向狱吏说了，请狱吏转禀鲁君。鲁君听了狱吏的报告，起初还是怀疑，不肯轻易相信。但因为事情关系太重大了，不能不提防着几分。姑且如公冶长所说，试派几名探子到边境上去探听一下。哪知探子飞马转来报告说，齐国的军队已快开到边境来了。鲁君这才着了慌，赶紧发兵应敌。由于事先多少有些准备，加上战士们同仇敌忾，竟打了个大胜仗，保全了疆土，把齐国人驱逐出去了。鲁君这才知道公冶长真正懂得鸟语，先前关他进监是冤枉了他，于是马上把他从监牢里释放出来。论功行赏，公冶长的功劳要数第一，打算封他个大夫的官职。但是谦逊的公冶长却觉得懂得点鸟语算不得什么，拿这个来邀官受禄是可耻的，再三辞谢，终于还是以布衣的身份回到家里。孔子看重公冶长的才德，后来便把自己的女儿嫁给了他。

拾玖 眉间尺

大约和孔子生活年代相同的春秋时代末期，吴国和越国发生了一场激烈的战争。吴国在战争中被越王勾践灭亡了；吴国有一个铸剑的名工叫干将的，和他的妻子莫邪，一同逃到楚国去，继续为楚王铸剑。在这种历史背景的烘托下，产生了眉间尺为父报仇的故事——

干将莫邪铸剑

干将夫妇到了楚国。有一天，楚王把干将叫去，给了他一块铁，说这是王妃夏天晚上纳凉，抱了铁柱心有所感生产出来的怪东西，看光景似乎很有点不同寻常，可以拿它来打造两把宝剑。

干将恭恭敬敬接过王妃生产的铁，仔细端详了一番，说：

“铁是块好铁，可是要打造两把宝剑，恐怕……”

“我就知道你会嫌少，”楚王笑着说，“这里还有点宝贵的东西呢，你瞧。”

说着，楚王便从袍袖里掏出几粒乌黑晶亮、比蚕豆大不了多少的东西，递给干将。干将接过手来一看，只觉得沉甸甸的，像小动物的胆肾，却不认识究竟是什么东西。

“这叫作铁胆肾，”楚王见干将疑惑不解，便径直告诉他说，“是从吴国的武器库里得来的，它可是千金难买的至宝呀！”

干将从楚王口里才知道：原来产铜的昆吾山同时又出产一种兽，只有兔子那么大，雄的毛色像黄金，雌的像白银，它们在地下深处打洞做巢穴，吃铜铁和沙石。不知道怎样竟有一对钻到吴国的武器库里去了，要不了多久，武器库里的兵刃铁器全被它们吃光，外面的封署却依然如故。后来吴王下令寻查武器库的洞穴，才将这一黄一白两只怪兔子捉住。剖开它们的肚子一看，便发现这几粒非比寻常的铁胆肾，才知道武器库的兵刃全是它们吃掉的。

“我得到这点点宝物可真不容易呀！”楚王郑重其事地说，“你拿去试试看吧。”

干将不敢再嫌少，便把王妃生产的铁和几粒铁胆肾都带回家去，仔细研究了一下，果然都坚硬无比，是铁的精华。于是他和妻子莫邪一同架起洪炉，装好风箱，把从楚王那里带回的宝贝铁和从名山采集的优质铁混在一起，用心铸造。夫妇俩日夜不休地铸造了三年，两把宝剑终于铸造成功了。

当宝剑从光焰烛天的洪炉里取出来冷凝时，简直像秋水般明亮，发射出闪闪的寒光，头发放在剑锋上一吹就断，拿它来切铁就像切泥土一般，真是古今少有的两把好剑。因为是夫妻俩几年来辛苦的结晶，所以就将雄剑取名干将，雌剑取名莫邪。

楚王知道干将快把宝剑铸造成功，心里又是欢喜，又是忧虑。欢喜的是他有了这两把宝剑，就可以雄霸天下，凌压诸侯；忧虑的是将来若是给外国国君知道了，设法把干将弄了去，叫他替他们铸造更好的剑，那么一切美梦都会落空了。因此他决心要在干将献剑的这天，借口斥责他工作迟缓，将他杀掉。

干将本人也知道，他铸造了这两把世间绝佳的宝剑，楚王绝对容不下他，他一定会被杀。这是名剑工们注定要接受的悲惨命运。即使有一两个侥幸漏网，也只好赶紧设法逃奔外国，或者一辈子在深山穷谷里晃荡，和野猪獐鹿做朋友。干将去献剑时他的妻子莫邪已经有了几个月的身孕，干将就向他的妻说：

“我替楚王铸剑，三年才铸造成功。楚王是个猜疑心重的人，怕我将来又到外国去替别人铸剑，一定要借口杀掉我。我如今去献剑，就把这把雌剑献给楚王，雄剑我已经藏了起来。我死之后，你若生下的是个女孩，那就罢了；倘若生下的是男孩，等他长大，你就告诉他——

出门去望望南山，
松树生在石头上，
宝剑就在树背上。

他照着我这几句口诀去寻找，自然会找到那把雄剑，就叫他带了雄剑去替我报仇。”

说毕，再也不管妻子伤心地哭泣，干将便带着雌剑去见楚王。

楚王接过宝剑，愠恼地说：

“原叫你铸造两把宝剑，如今为什么只带一把来呢？”

干将恭恭敬敬地回答说：

“大王给的那两块铁胆肾，和王妃生产的那块铁，分量实在太少，只能铸造这么一把。”

楚王自然不肯相信，便叫识剑的人来看看这把宝剑。那人把宝剑仔细看了一看，说：

“剑有两把，一雌一雄，现在雌的来了，雄的还没来。”

楚王大怒，更用不着找什么借口，马上便叫人把干将绑出去杀掉。楚王杀他以后，又派人去搜查他家，到处都翻寻了个遍，却没有找出那把雄剑，只得罢了。

干将死后，过了几个月，莫邪生下一个孩子，是个男孩。这男孩生得相貌有些奇怪：顶平额宽，眉梢和眉梢之间相距好像有一尺。莫邪就给他取个名字叫眉间尺，又叫尺比。尺比，就是将近一尺的意思。眉间尺幼小的时候，常受邻家孩子的欺负，说他是“野种”，是没有爹的孩子。他听了心里很难受，便跑去问他妈：

“妈，他们都说我没有爹，你说，我真的没有爹吗？”

“傻孩子，”母亲忍住了满腔的悲痛，强作欢颜地说，“你怎能没有爹，没有爹又哪来的你呢？——只是你的爹爹出远门，没有回家罢了。”

过了几年，眉间尺长到十四五岁，又受了邻家孩子的嘲讪，他再也忍受不住了，便气愤愤地跑回去责问他母亲：“我爹究竟在什么地方？你怎么老是不告诉我！”

母亲被逼得无奈，只好将楚王杀害他爹的事一五一十地告诉了儿子。

眉间尺听了，悲愤万分地说：“呔，残暴的楚王……我爹爹死得多冤枉呀！——我马上替爹爹报仇去！”

说这话的时候，他的眉宇间闪耀着一种英武果决的气概，真像他父亲在世的时候。母亲见了，知道丈夫的冤仇，可以通过儿子得报，不由心里掠过一丝甜甜的安慰。但这安慰转瞬又化作了亲娘痛子的忧愁。母亲叹了一口气，说：

“你年纪这么小，怎么去得？——要报仇再过几年也不迟呀！”

“不，”眉间尺说，“我年纪已经不小了，让我去吧。”

母亲见儿子志向坚决，只得把干将临走时说的几句口诀告诉了他。

眉间尺听了母亲的话，赶快跑出门去，朝南一望，却不见有什么山，回头一看，只见堂前石墩上，有几根松木柱子。眉间尺心里想：恐怕所说的“松树生在石头上”，这就是了。于是去找了一把板斧，试挑靠近门边的一根，拿板斧朝它的背后用力一劈，柱子劈破了，果然就从里面取出了那把叫作“干将”的雄剑。

眉间尺背了雄剑，带了干粮，便辞别母亲，出门替爹爹报仇去了。

那天晚上，楚王忽然做了一个怪梦，梦里一个宽额头的小孩子，两眉眉梢之间距离大约有一尺远，手里提了一把宝剑，杀气腾腾地冲过来，说是要替父亲报仇，提起宝剑就朝自己的面门砍。楚王大喊救命，惊醒过来，吓出一身冷汗。醒后回想梦境，觉得自己的生命大有危险，很不放心。于是悬了重赏，到处张挂榜文，榜文上画了画像，定要将梦中的刺客捉拿归案。

眉间尺深山遇异人

眉间尺刚来到京城，就听见大街小巷的人都纷纷扬扬地这么传说，又亲眼看见榜文和榜文上的画像，心里害怕，赶紧逃出京城，跑到附近一处深山里去暂时躲藏着。

在山里躲藏了些时候，心想自己毕竟太年轻，没见过大世面，一见楚王悬赏捉人就想不出对付的办法。自己一死倒不足惜，只是爹爹的冤仇不知什么时候才能得报。想到这里，眉间尺坐在山路旁边，眼泪就像断线珍珠似的，簌簌往下掉。

正在万分悲恸的时候，一个瘦长的穿黑衣服的汉子忽然出现在他的眼前，目光灼灼地看着他，问他道：

“你这孩子，小小年纪，为什么独自在这山里悲哀哭泣？”

“我是干将、莫邪的儿子，”眉间尺说，“楚王杀了我的爹爹，我想为爹爹报仇，却找不到报仇的机会。”

“噢，原来是这样……”黑衣汉子说，“楚王暴虐无道，全国人民都受他的残害。我也是受他残害者——一条侥幸漏网之鱼。你的仇就是我的仇，同时也是我们大家的仇。我倒有一个替大家报仇的主意在这里，不知道你同意不同意？”

眉间尺揩干眼泪说：“只要能够报仇，不管叫我牺牲什么，我都没有不同意的。”

黑衣汉子又说：“我听说楚王悬赏千金，来购买你的头颅，你如果肯把你的头颅和这把宝剑都交给我，我自有办法去替你也替我们大家报仇。”

眉间尺听了，朝着黑衣汉子的眼睛注视了片刻，从他那忧郁而诚挚的眉宇间的神情看，相信他说的话定然是真，就毫不迟疑地从背上抽出宝剑，顺势向颈脖一挥，割下自己的头来，将头和宝剑用手捧着，一齐交给对面站着的黑衣汉子，然后仰身倒在地上。

黑衣汉子叹息了两声，将眉间尺的尸身用土掩埋了，轻轻拭去宝剑上的几丝血迹，然后背上宝剑，带着人头，去见楚王。

鼎锅中三头大战

在富丽、威严的殿堂上，楚王接见了这个突然跑来献头的怪客。

像在熟睡的眉间尺的头，是那样的宁静和安详，由侍卫双手捧着，呈献给楚王观览。楚王一见人头，果然是梦中所见奇怪孩子的头，不由心中大喜，认为后患既已除去，以后便可高枕无忧了。于是吩咐把人头弄到荒郊旷野去扔掉。

“慢着！”黑衣汉子不等楚王吩咐完毕，连忙上前去拦阻住说，“这孩子既然敢于和王上作对，他的头就非比寻常，乃是一颗勇士的头，应当放到汤锅里去烹煮到肉烂为止，否则他还会成精作怪，再来和您捣乱的。”

楚王想了一想，这话很有道理。果然叫人去搬来一口大鼎锅，放在殿前，鼎锅下面柴火烧得旺旺的，然后将孩子的头放到鼎锅里去烹煮。

哪知道头颅在鼎锅里连煮了三天三夜，都没有煮烂，甚至连一丝皮骨、一根汗毛也没有伤损；并且还好几次从鼎锅里跳出来，圆睁着一对眼睛，在地上滴溜溜地滚转。楚王见孩子的头老煮不烂，未免也有些担心，便问黑衣汉子是什么道理。

“孩子的头不烂，”黑衣汉子说，“是因为他还有些邪祟未散，如今请大王亲自到汤锅边来看一看，借大王的雄威压他一压，头自然就会烂的。”

“唔——”楚王摸着下巴上的胡须，沉吟着。

他心里本来有些虚怯，不敢去看那孩子的头。但是当着文武两班朝臣，怕丢脸面，又不好意思不去看。只得说声“好吧”，勉强抖擞精神，壮着胆子，一步挨一步走到汤锅边。他刚伸着颈脖向汤锅这么一看，说时迟，那时快，只见黑衣汉子从背后拔出宝剑来，向着楚王的颈子这么一挥，楚王的头就“扑通”一声掉在汤锅里了。

只见孩子的头从汤锅里冒出来，怒气冲冲地就去咬楚王头的耳朵，楚王头也反扑上去，还咬孩子头的鼻子。大殿上，朝臣、太监、嫔妃、宫女……一时措手不及，登时大乱。殿廊两旁的卫士也纷纷手执戈戟，奔跑上来。黑衣汉子仰脸哈哈一笑，随即将宝剑向着自己的颈脖子一挥，又是一颗头颅掉落在汤锅里了。

这颗头马上奔上前去助战，伙同着眉间尺的头去咬楚王的头。三颗头颅在汤锅里翻滚着，咬着，扑着，激起两三尺高的热浪。人们见此奇景，似乎谁都忘了自己的身份和职责，竟十分有趣地围在汤锅子的周围观起战来。激烈的战斗据说进行了七天七夜，这才一齐罢手，三颗头颅忽然沉落下去，霎时间都煮得稀烂了。

后来由太监和卫士共同去找了把大勺子来，将它们从汤锅里打捞出来，但见三颗头颅皮肉已经烂完，只剩下枯骨，大小也差不多相等，再也分不清哪是楚王的头，哪是刺客的头，哪是孩子的头了。这才听见殿堂上下一片呼天抢地的悲号声。没有法子，只得把汤锅里熬得半干的汤，连肉带骨，分作三份，用瓦罐子装着，分别埋在一处地方，给修造了三座坟墓，笼统叫作“三王墓”。

贰拾 杜宇化鸟

在古代的蜀国和蜀郡，有几个单独流传在本地区的神话传说，如“杜宇化鸟”“五丁拔蛇”“李冰斗蛟”等，它们反映了蜀地社会发展的一些情况，后来才普遍流传到全国；时代大约是从春秋末年到战国末年。现在先说流传在蜀国的前两个故事——

杜宇化鸟

古时候有一个名叫杜宇的男子，忽然从天上降落下来，落在蜀国东南的朱提山上。那时候，恰巧有个名叫利的女子，正从江源的井水里涌现出来。这天造地设的两个奇人，便结婚做了夫妇。杜宇自立为蜀王，号称望帝，拿郫（现在四川省成都市郫都区）这地方来做他的国都。

望帝当国的时候，很关心人民的生活，教导人民怎样种庄稼，时常叮嘱大家要抓紧天时季节，不要耽误了田里的生产。那时，蜀国常闹水灾，望帝虽然忧念人民身遭祸难，但一时也想不出很好的办法来根治水患。

有一年，忽然从江水里逆流浮上来一具男子的尸首，大家见了都很奇怪：因为尸首总是顺流往下淌的，而他却逆流朝上浮，便把他打捞起来。更奇怪的是，尸首刚刚打捞起来，一接触到江岸的土地，马上就复活了。自说是楚国人，名叫鳖灵，不知道怎么一来，一不小心失足落水，便从楚国一直浮到了这里。

望帝听说江水送来了一个怪人，也暗暗称奇，便叫人把他带来相见。两人一见面，便情投意合。望帝觉得鳖灵不但智慧聪明，并且很懂水性，在这常有洪水为患的地区，是用得着这种人才的，便叫他做了蜀国的宰相。

鳖灵做宰相没有多久，一场特大洪水忽然爆发了。因为巫山的峡谷过于狭窄，壅塞住了长江的水流，使千里蜀地，尽成泽国。望帝就叫宰相鳖灵去治理洪水。鳖灵在治水这件事上，果然表现出他天生的才干。他带领人民去凿通了巫山，使壅塞的水流通过巫峡，宣泄到夔门以外的大江去，这样就把洪水的灾患平息了。

望帝因为鳖灵治水有功，自愿把王位禅让给他；鳖灵受了禅让，号称开明帝，又号丛帝。望帝本人却跑到西山去隐居起来。

望帝在西山隐居没有多久，隐约听到一些谣言，对于他的名誉有很大的损伤。谣言说正当鳖灵到外面去治水的时候，望帝却在家里和鳖灵的妻子发生不正当的关系；鳖灵治水回来，望帝自己感到羞惭，这才把王位禅让给鳖灵，跑去隐居起来。一番光明磊落的心意，反而被当作卑鄙龌龊的念头，使得隐遁在山林幽邃中的望帝，真是百思不得其解。他在有口莫辩的这当儿，可也真有些懊悔先前的禅位未免是多事了。他就这么郁悒愁闷地死在深山穷谷里。

他死了以后，他的灵魂化作了一只鸟，就是杜鹃，也叫杜宇，整天一声声悲哀地啼叫："不如归去！不如归去！"直到它的口里流出鲜血。我们常在春暮夏初时节，听到这种鸟儿的叫声。田间农夫听到的叫声，却又是"割麦插禾，割麦插禾"，所以人们又把这种鸟儿叫作"催工鸟"，或叫"催耕鸟"。

五丁开山

接受杜宇禅让、治水有功的鳖灵是第一代开明帝。开明帝把王位传了十二代，传到最末一个帝王，就是蜀王开明帝十二世。

那时蜀国有个穷人，生了五个男孩。五个男孩长大成人，一个个都是背阔腰圆、力大无比的壮士。蜀王知道了，便把他们一齐弄来给自己当差。弟兄五个秉性忠厚质朴，凭着一股傻劲替国君干吃力的重活。人们只见他们扛木头修殿堂呀，搬石块造陵墓呀，谁也不知道五人的姓名，都管他们叫"五丁力士"。

那时候，北方有强大的秦国，野心勃勃而又狡猾的秦惠王常想吞并蜀国。只因为蜀国多山，地势险峻，军队不易通行，于是想了一条毒辣的计策。

他叫人凿了五头石牛，放在秦蜀交界的地方，每天在石牛的屁股后面摆上一堆金子，谎说石牛是金牛，每天要拉一堆金屎。

贪财的蜀王得知这消息，便派遣使臣去见秦惠王，向他索取这些金牛。秦惠王心里虽然正是"得其所哉"，高兴得很，表面上却故作迟疑，思考了好半天，然后才答应。

但是五头金牛这么庞大和沉重，怎么能够搬到多山的蜀国去呢？

使臣把秦惠王的允诺和金牛运输的困难，都回报给了蜀王。蜀王利令智昏，毫不考虑事情的后果，马上叫五丁力士率领民夫，在崇山峻岭中开出一条“金牛路”；又费了很大的力气，才把五头冒充金牛的石牛搬运回来。

石牛搬回来以后，并不拉金屎，气得蜀王无可奈何，只得把五头石牛又送回秦国去。

打通金牛路，只是秦惠王的初步目的，因为蜀国有勇猛的五丁力士，要想向它进攻还是很难下手。于是秦惠王又想出一条计策，用美女来迷惑蜀王，设法除去五丁力士。秦惠王便打发使臣去向蜀王说：秦国有五名天姿国色的美女，愿意奉献给蜀王。蜀王听说有美女送来，不禁心花怒放，把石牛的旧恨一笔勾销，马上派遣五丁力士去迎接秦国的美女。

五丁力士自从上次开路运送石牛受了欺骗，非常痛恨秦王，都不愿去；可是王命难违，又不得不去，只得勉强到了秦国，将五名美女迎接回来。走到梓潼，一队人马正在山路上缓缓行走，忽然看见一条大蛇，正向一个山洞钻去。力士当中的一个，赶紧跑上前去，拖住蛇的尾巴，一个劲儿往外拖，企图把蛇拖出来杀死，以免人民受害。

蛇的力量过大，一个人拖它不动，于是，弟兄五个一齐去拖，一边拖，一边大声呐喊，声音响震山谷。

大蛇终于一点一点地被拖了出来。弟兄们拖得正高兴，只听得“轰隆”一声巨响，地裂山崩，尘土弥漫，霎时把怪蛇和五个为民除害的壮士都压死了。一座大山就分为五座峰岭，每座峰岭上都各有一块平正的石头，好像给壮士们建造的墓碑。

站在山岩边看拖蛇的五名美女和迎送美女的人们，在这样的大变动中，一个个都惊呆了。他们觉得身体在僵硬，血液在冷凝，霎时间人马车轿都变作了石头。若干年后，这些石人石马都还站在山路的旁边，瞪着石头眼睛，惊怔地望着前面的五座山峰。

五丁力士牺牲了，秦惠王的愿望达到了。当昏庸的蜀王还在宫中为化成石人的五名美女暗自悲伤的时候，秦国的大军已经浩浩荡荡地从金牛路开了进来，终于吞灭了蜀国，杀死了蜀王。

贰拾壹 李冰斗蛟

秦惠王并吞了蜀国，改蜀国为蜀郡，不久死去，传位给秦昭王。秦昭王时，向蜀地派了一个郡守，名叫李冰。他替人民做了许多有益的事，其中最让人感念不忘的，是平治了洪水的灾患，利用江水灌溉了万顷农田，使世世代代的人民，都享受李冰治水的福利。在这种历史背景下，产生了李冰斗蛟和二郎锁孽龙的神话。先说李冰斗蛟——

李冰斗蛟

那时候，蜀地常常遭受洪水的灾患，人民生活过得极其痛苦。洪水是怎样发生的呢？原来江水的水神，也像那好色贪欢的河伯一样，每年都要逼迫人民选送两个年轻姑娘来做他的新娘，稍不顺意，就要涌起漫天的波涛来危害人民。谁也不敢得罪江神，只得每年照例牺牲两位姑娘供献给他。

李冰一到蜀郡做郡守，知道江神作怪，便向当地的人民说："今年用不着再叫大家出钱出人了，我自有女儿给江神送去。"

到了嫁女的那天，李冰果然将他的两个女儿装饰打扮起来，准备沉到江里去送给江神。

江边神坛上设有江神的神座，陈列着香花灯烛、酒果供品之类，坛下一群穿着彩色衣服的乐人，正在那里吹吹打打，好不热闹。

李冰端着一满杯酒，一直走到神坛上去，向江神敬酒道：

"江君大神，我很荣幸能够攀附九族，请显露尊颜，让我奉敬一杯。"

神座上寂然，没有动静。李冰略沉吟了一下，又说：

"好吧，那么请干杯！"

登时举起酒来，一饮而尽；可是供在神座前的几杯酒，仍然是清清亮亮，并不减少一滴。

李冰怒不可遏，厉声说道：

"江君既然瞧人不起，那么只好和你拼个死活了！"

说罢，就从腰间拔出剑来，一转身就不见了。霎时间乐鼓停奏，看热闹的人都惊愕不止。

过了一会儿，只见江心波涛汹涌，一条苍灰色的牛和一条蛟龙在拼死角斗。斗了一两个时辰，牛和蛟龙忽然一齐消失了踪影。

只见李冰脸上流着汗，气喘吁吁地跑回来，向他的从官僚属们说：

"我战斗得太疲倦了，得帮一下忙才成。"

于是选了几百个勇敢善战的士兵，各人手里拿了强弓劲箭，一字儿排开，站在高岸上，叫从官僚属们指挥着，并且和他们约定道：

"刚才我变成牛和江神战斗，如今江神怕我算计他，一定也要变成牛来和我战斗。我拿大白练拴在身上做标记，你们就朝那没有标记的牛身上射。”

说罢，李冰便喊着叫着，又奋身跃进江里。

一会儿，雷声震响，大风呼号，天和地混成一团灰墨色。风雷稍定，只见两条苍灰色的牛激烈地在水面上战斗，其中一头牛的腰间拴着白而长的绶带。于是手拿弓箭的武士们，就一齐把箭向那没有绶带的牛射去，作恶的江神当时就被射伤了。

射伤的牛，在江心蹦了几蹦，鲜血从伤口里一阵阵涌出来，染红了大片江水。它支撑不住，仍旧变还蛟龙的原形，半沉半浮，随着江水顺流而下，勉强挣扎了十来里路，终于被李冰紧追上去生擒活捉住了。

李冰怕它还要兴妖作怪，就把它用大铁链拴住，锁在后来李冰治水凿成的离堆下面。离堆下面有个极深的潭，终年都不干涸。由于蛟龙锁在潭里，这潭就叫“伏龙潭”。

李冰替人民除了一方大害，又领导人民兴修水利，利用江水灌溉农田，从此蜀郡的人民再也不受水灾和旱灾的威胁了。

李冰斗蛟的神话发展到宋代以后，又成了二郎锁孽龙的神话。二郎锁孽龙的神话，现在四川都江堰还有流传，它有一些大同小异的不同说法，其中一个大略这么说——

二郎锁孽龙

若干年前，秦国灭了蜀国，秦王听说四川地方连年闹水灾，怕影响财政税收，便派李冰到四川治水。他的儿子二郎也跟着他一道前来。二郎长得又高又大，浑身是劲，也很有心计，老虎见了都害怕。父子俩到了成都，二郎想知道水灾是怎样闹起来的，便征得父亲的同意，背上简单的行李，带了防身弓箭，出门寻找洪水的根源。

那时洪水刚退，遍地泥泞，道路阻塞，人烟稀少。二郎从秋到冬，从冬到春，走了一村又一村，过了一河又一河，竟没寻出个结果。

一天，二郎在山林里迷了路，正想找人问路。忽然看见一只斑斓大老虎从林里奔出，二郎忙拈弓搭箭，射死老虎。又见七个猎人随后赶到，问："老虎哪里去了？"二郎猛地双手举起死虎，说："看，它在这里撒赖呢！"七个人见了，都大吃一惊，忙问二郎的来历。二郎说出情由，七个人都愿伴随二郎去探寻洪水的根源。

他们一同来到灌县城附近一条小河边，听见河边茅屋里有哭泣的声音。进去一问，原来是一对年老的夫妇正在悲泣他们的幼孙，因为不久就要送他去祭祀江神。

这江神，原来是一条孽龙，住在灌县城西凤栖窝的深潭底，每年都要发下洪水来危害人民。人们惧怕他的威势，便在江岸替他修了一座江神庙，年年拿童男童女祭祀他，稍不遂意，仍要遭灾。这就是洪水的根源，要彻底平治洪水，就得先除孽龙。

了解到这种情况，二郎马上和他的朋友们同回成都，把事情原委告诉父亲李冰。李冰当下和二郎等人定下计谋，大家一齐赶到灌县去。

到了祭江神的那天，江神庙里灯火辉煌，神座前早已准备好了童男童女，迎接江神。二郎手拿三尖两刃刀，躲在神座背后，七个朋友也都各执兵器，埋伏在神殿两旁。

随着一阵风雨，孽龙进了庙堂，张牙舞爪，直朝吓得发抖的童男童女扑去。二郎和七个朋友齐从躲藏的地方跳出，拼力杀向孽龙。孽龙抵御不住，逃奔出庙。四山锣鼓喧天，人们喊声如潮。孽龙惊惶，跳进江中，二郎和七个朋友也都纷纷跳了下去。孽龙敌斗不过，又跳上岸，二郎和朋友们也都上岸。孽龙且战且逃，逃了几十里，最后力竭不支，终于被二郎擒获。

久战之后，二郎和七个朋友也都感到疲累了，便在王婆崖下暂时休息，把受伤的孽龙放在崖下河里。河里有个龙洞，直通崇庆州河，孽龙乘二郎不备，悄悄钻进龙洞逃跑了。二郎见河里久无动静，起了疑心。忙将三尖两刃刀搭在河上，耳朵挨近刀柄一听，惊叫道：“不好了！孽龙逃跑了！”登时又和朋友们动身前去寻找孽龙。找来找去，最后才在新津县童子堰将孽龙找到擒回。走到孽龙逃跑的王婆崖，恰遇前回在茅屋悲泣幼孙的老妇，正拿了一条铁链迎面走来，她因听说二郎擒获了孽龙，特拿此链来谢赠二郎。二郎一见大喜，马上用铁链来锁住孽龙，将它拴在伏龙观石柱下面的深潭中，从此四川就再也不遭洪水的灾害了。

贰拾贰 田章上天

秦始皇吞灭六国，统有天下不久，刚把江山传到他的儿子胡亥手上，秦王朝便被起义的农民军覆亡了。到了汉代初年，又另是一番新兴的气象，因而又有“田章上天”这样的故事流传——

田昆仑幸配天女

传说某地有一个农夫，名叫田昆仑。因为家里贫穷，年纪虽然二十多了，却一直还没有娶上妻子。

他家附近，有一个小水池，池水清而且深，好像一块透明的绿玉，非常可爱。有一天，田昆仑到田间去看稻子，远远望见有三个女郎在水池里洗澡。田昆仑觉得奇怪，悄悄走上前去想看个究竟。

还没走几步，忽然三个美女变作了三只白鹤，从池子里飞出来，一齐飞向池边草地。其中两只，攫取到了草地上的衣服，便衔着它直朝天空飞去，顷刻间就消逝了踪影。剩下的一只正要飞上前来攫取衣服，却被田昆仑眼疾手快，先夺到手，藏了起来。那只白鹤只得飞回池中，仍旧变作美女，将身子藏在水草中间，恳求田昆仑退还她的衣服。

“要我退还你的衣服却也不难，”田昆仑说，“不过你先得告诉我你是什么人。”

“我是天帝的女儿，”女郎说，“姊妹一共三个。爹爹给我们造了三件天衣，让我们穿了它能够自由地上天下地。刚才我们在这里游戏，不巧被你瞧见了，两个姐姐已经收得天衣上天去了，只有我还不能离开这池子。请你可怜我，把天衣还给我吧。若是还了我的衣服，我愿意做你的妻子。”

田昆仑一听这话，喜得心花怒放。正想把天衣还给她，忽又转念一想，不能还，若是还了，她穿上天衣飞去了怎么办呢？因此向她说：

“那可不行，如果你穿上天衣飞去了可怎么办呢？要是你愿意的话，我把我的衣服脱下来给你穿，你说好吗？”

天女起初不肯答应，后来怕时间一久，给人瞧见不像样，才无可奈何地勉强同意了。

田昆仑把自己的衣服脱下来抛给天女，天女穿上田昆仑的衣服，只好跟随着他一道走回家去。

田昆仑的母亲见儿子带着这么个端庄美丽的姑娘回来，十分欢喜，便安排酒宴，邀请邻居和亲戚朋友来，替他们举行了婚礼。结婚以后，夫妻相亲相爱，不到一年，生下一个儿子，取名田章。

儿子生下不久，田昆仑便被征调到西方戍边去。临走时候，悄悄把天衣取出来，交给母亲，嘱咐她说：“妈，这是天女的衣服，您好好把它藏起来，不要给她看见；若是给她看见了，她一定就会穿上飞去，从此以后再也别想要她回来了。”

母亲接过天衣，犹豫地说：“这天衣，藏在什么地方才稳妥呢？”只有这两三间茅草屋，藏在什么地方稳妥，田昆仑自己也不知道。想来想去，最后想出一个办法：在母亲的床脚下挖一个洞，把天衣藏在洞中，再用土掩盖起来，这样就可以万无一失了。

田昆仑藏好天衣，便辞别母亲和妻子，随着军队到西方戍边去。

天女赚得天衣上天

一去三年，杳无音讯。儿子也长到三四岁了。天女思念故家，常想飞回天庭，只因没有得着天衣，一时还不能回去。于是每每趁着机会，向婆婆请求借看天衣，说从前刚来的时候，年纪还轻，如今长大些了，不知天衣的大小还合不合身，请婆婆拿出来，暂借给看看，就是死了也甘心乐意。

这样的话，说了一遍又一遍，做婆婆的不忍心让媳妇太难过，只得把天衣取出来让媳妇看看。天女把天衣拿在手上比比弄弄，忽然穿上身去，腾空而起，飞出窗外。婆婆大惊，忙打开门走出去一看，只见天女已经飞向高空，转眼间就飞得不见了。

田章寻母上天

媳妇飞去以后，老妈妈怕儿子回来见怪，又气又急，捶胸顿足，痛哭悲号，成天到晚茶不思饭不吃。小田章寻不着自己的妈妈，也在家里啼哭，并且时常用小手儿擦着流泪的眼睛，一直哭着走出门去，在田野里大声号啕。

那时有个贤人名叫董仲先生的，偶然闲步到郊外游玩，看见哭泣的田章，知道他是天女的儿子，也知道天女在天上必然于心不忍，还要回到人间来看望亲人，便对田章说：

“别哭别哭，孩子，我知道你很想见你的妈妈。如果你真想见她，明天晌午你到池子旁边去看，有三个穿白练裙的女人来到那里，两个抬起头来看你，一个低着头假装不睬你，那个假装不睬你的，便是你的妈妈了。”

田章记住董仲先生的话，便止住啼哭，走回家去。

且说天女赚得天衣，飞回天庭，见着了两个姐姐。相聚不久，忽又想起她的小儿子，忍不住牵肠挂肚，伤心流泪，姐姐们都嘲笑妹妹未免过于痴情，一旦和世间俗人做了夫妻，就把天女的本性都迷失了。后来见妹妹哭得凄惨，也觉伤怀，便劝慰她说：

“好了好了，不要再这么啼啼哭哭了，明天我们姊妹三个，再到那池边去玩耍，定能见着你的儿子。”

妹妹听见这么说，便转悲为喜，谢过姐姐们，只等明天去见儿子。

到了第二天中午，田章依照董仲先生嘱咐的话，向着池边走去。走呀走的，果然远远看见有三个穿白练裙的女人，弯着腰在池子旁边割野菜。田章便向着她们一直走去。

两个姐姐见田章走来，都面带讥笑地向小妹妹说：

“看，你的儿子来了。”

“妈妈！妈妈！”田章张着两只小手儿，哭叫着，向着这边奔跑过来。

天女见田章跑来，虽然满怀羞惭，假装低头不睬，无奈心里酸痛，两行热泪，早已止不住盈眶夺目而出。孩子就跑上前去，两手抱住妈妈的腿，哭着呼喊："妈妈！妈妈！"做妈妈的这时再也假装不了了，就回转身去紧紧抱住儿子，连连地亲吻着，伤心地痛哭着。

两个姐姐见他母子二人哭得悲伤，便向小妹妹说：

"你且不用哭了，如今让我们带你的儿子上天就是。"

于是姊妹三个，便将天衣的衣裙挽连起来，让孩子乘坐在上面，飘飘扬扬，一齐飞上天去。

天公见女儿们带来一个陌生的孩子，知道就是他的小外孙，不由起了慈爱怜悯的心肠，便教孩子学习各种学问和本领。孩子聪颖异常，不过四五天光景，各种学问和本领都给他学会了。天公大喜，便送孩子下凡，临走时赐给孩子八卷天书，郑重叮嘱他道：

"你将我这八卷天书带去，用心学习，一生自有你的好处。不过你可千万要记住：将来倘若入朝做官，定要言语谨慎小心，不可有违。"

田章得了天书，便辞别母亲、外公，下凡间去。天上才四五天，人间却已经十五年了。这时田章已经长成一个超群出众、风度翩翩的少年，天文、地理、诸子百家的学问无不通晓，以至天下闻名。后来天子知道，就召他到朝中来做了宰相。只因他恃才傲物，在朝堂上言语不慎，触怒了天子，天子又把他贬为庶人，充军到西方荒远的地方去。

田章巧对天子问难

田章充军去后不久，有一天天气晴和，天子高兴，带领着随从和文武百官到郊外去打猎。偶然射得一只白鹤，便把白鹤带回，吩咐御膳房厨子烹煮起来。厨子拿刀割破白鹤喉间的嗉囊，忽然从里面跳出一个小小的人儿，身长只有三寸三分，穿着铠甲，戴着头盔，在肉案板上，跳来跳去，指着厨子，大骂不休。厨子吓慌了，赶紧把这奇事禀报君王。天子忙叫把小人带去，在朝堂上召集了文武百官，前来辨认小人究竟是谁。文武百官辨认了老大半天，竟没有一个人能够认识。天子很不欢喜，吩咐退朝。

另一天，天子又带着随从侍卫去野外打猎。在回来的路上，又在田间拾得一颗大门牙，量一量，足有三寸三分长。带回宫来，放在火里烧，烧不毁；拿大铁锤打，也打不碎。天子又拿这颗门牙来问文武臣僚，也都摇摇头说："不认识。"

天子忧闷，于是颁下诏书，写下皇榜，布告天下：凡是有人能认识这两件物什的，赐他黄金千斤，封他食邑万户；如要做官，官职任他挑选。可是榜文诏书虽然颁下许久，竟没有一个能够认识这两件奇怪物什的。

文武百官于是聚在一块商量，都说，如果要识得这两样东西，除非召田章回来。天子知道后，赶紧派遣急使，骑着快马，星夜向西方追赶前去，半路上追上了发配充军的田章，赦免了他的罪过，把他带回朝廷。

天子高兴地向田章说："近来我常听人说你聪明能干，见多识广，什么事都知道，现在这里有两桩事儿弄不明白，要请教于你。"

田章说："您请讲吧。"

天子说："请问天下有大人吗？"

田章答道："有。"

"那么这大人是谁呢？"

田章答道："从前有一个人名叫秦故彦，是皇帝的儿子，和鲁家诸侯战斗，给打掉了一颗门牙，长三寸三分，不知落在何处。如果有人拾得，就可证明我说的话不错——这就是天下的大人了。”

天子听了，暗中叹服，又问：“天下有小人吗？”

田章答道：“有。”

“既说有，这小人又是谁呢？”

田章答道：“从前有一个人，名叫李子敖，身长只有三寸三分，穿着铠甲，戴着头盔，正在田野中行走，被白鹤飞来，一口吞下，这人不但不死，还在白鹤嗉囊里游戏呢。若是有人猎得这只白鹤，就可证明我说的话不错——这就是天下的小人了。”

天子听了，更加惊叹，连声道好。又问：“天下之中，有最大的声音吗？”

田章答道：“有。”

“那么，什么是最大的声音呢？”

“雷震七百里，霹雳一百七十里，这就是最大的声音。”

“天下之中，还有最小的声音吗？”

田章答道：“有。”

“那么，什么是最小的声音呢？”

“三个人一同走路，一个人忽然耳鸣，别的两个人一点都听不见，这就是最小的声音。”

天子又问：“天下之中有最大的大鸟吗？”

田章答道：“有。”

“什么是天下最大的大鸟呢？”

“大鹏鸟从西王母那里飞起来，举翅一飞，就是一万九千里，这就是天下最大的大鸟了。”

“这么说，天下还有最小的小鸟吗？”

“有。”

“什么是天下最小的小鸟呢？”

“最小的小鸟无过是鷦鷯。这鸟常在蚊子角上做窠，养了七个儿子，天天带着儿子们在那里学飞翔，还觉得地旷人稀，怪冷清的。蚊子也全不知道头上有鸟。这就是天下最小的小鸟了。”

天子见田章对答如流，再也难他不倒，心中大喜，登时便拜田章做了仆射之官。从此以后，田章的声名大显，朝廷百官和天下人民都知道智慧聪明的田章，原来是天上仙女所生的儿子啊！

贰拾叁 哪吒闹海

西汉末年，印度佛教由西域传入中国，它对中国思想学术文化，曾发生很大的影响。佛教经典中的一些神话人物，如观世音（观音）、善财、龙女、文殊、普贤、韦驮、四大天王、十八罗汉等，通过僧侣们对经典的讲述和寺庙壁画雕塑的宣传，一般群众早已对他们逐渐熟悉了。群众还根据这些人物的不同特点，创造出一些纯粹是中国风格的神话来。其中哪咤闹海神话，就是从佛教经典中演化、创造出来的一个著名神话——

哪吒东海奋战九龙

哪咤，他本来是玉皇大帝驾下的一位大罗仙，他的法相是：三个脑袋，九只眼睛，八条臂膊，身长六丈，头上被一圈闪光的金轮环绕着，口里吐出的是青云，足上踏的是巨大的盘石，八只大手把握着诸般法器，只要一声大喊，马上就能使浓云密布，大雨倾盆，叫天和地都震动起来。

他原本便是降妖的元帅、伏魔的将军。

只因世上魔王众多，玉帝特命他下到凡间去降伏妖魔。

当时北方有一员大将，名叫李靖，后来号称为“托塔天王”，曾经学过道术，善使一支降魔杵，镇守边关，威名卓著。他的妻子素知夫人，生了金吒和木吒两个儿子，都派遣他们各自去深山从名师学道去了。哪吒是夫妇所生第三个儿子，生时左掌上有一个“哪”字，右掌上有一个“吒”字，所以名叫哪吒。

哪吒刚生下来时，是一团肉球，砍开肉球，才看见一个面如傅粉的小孩儿，从里面跳出，胸腹上围着个红罗兜，右手腕上套着个乾坤圈，孩子生下来才五天，就能说会跑，长得几乎和少年小伙子一般粗壮。

一天早晨，他蹦蹦跳跳地，去东海口的九湾河洗澡。他在浪涛里回旋出没，浮游任意。不想他的两件宝物——红罗兜和乾坤圈，却惊动了龙宫水府，把偌大一座水晶宫，震得摇摇晃晃，不得安宁。龙王派遣巡海夜叉出海探视，巡海夜叉是一个面如蓝靛、巨口獠牙的怪物，被哪吒取下乾坤圈来，一圈打死。龙王三太子点齐兵马，冲波出战，也被哪吒打死在岸边，还抽了他的筋，准备做成龙筋绦，给爹爹束甲。

龙王大怒，亲自率领一群小龙，前来讨战。哪吒毫不畏惧，手擎乾坤圈，在江波海涛中，与群龙奋战。一天当中，就杀死九条小龙，使得鳞甲横飞，雾黯天愁。老龙惨败，遁还水府。

哪吒坐在岩石上，解下胸前的红罗兜，擦抹他身上溅的血腥污垢，不意慢慢现出他那百丈金身，那硕大的一条腿脚就踏到了水晶宫上，登时踏倒宫殿的一角，使梁摧柱折，珠玑粉碎，鱼虾逃窜。老龙惊魂未定，也赶紧逃离水府。

老龙想起子孙遭戮，自己性命难保，对于这天外飞来的横祸，仿佛有一肚子冤愤，难以申诉，只好到灵霄宝殿玉帝驾前去哭诉衷情。

正驾着乌云，向南天门升腾去，哪吒眼尖，早已察知老龙的去向，便将手里的红罗兜，顺势往空中一甩。这红罗兜又叫混天绫，也是哪吒诞生时带来的一件至宝。只见混天绫登时化作一片红雾，追上乌云，把老龙截拦笼罩在南天门外的空中。老龙在红雾里卷腾冲刺，用角抵，用爪子抓，用尾巴扫，用牙齿咬，可惜用尽千般伎俩，总是冲不出红雾的包围。红雾像一幅软而坚实的大布幔子，把老龙牢牢实实地包裹在当中。老龙还在红雾中挣扎时，哪吒早已提了一杆枪凌空赶来，隔着红雾一阵子乱戳，便把老龙刺死了。哪吒收了红雾，死龙就像一条大泥鳅，头朝下尾朝上，直直地掉落在海中。

石矶娘娘母子伏诛

哪吒笑看着拍了拍手，仍旧将红雾变回的肚兜围在身上，只觉得不费力气就杀死几条龙很好玩耍。忽然觑眼一看，却见南天门旁有一座高峻的神坛，静悄悄的，阒无一人，气象庄严肃穆。哪吒好奇，便登上神坛一望，只见神坛中央插架上插着一把铁弓、几支神箭。据说这是轩辕黄帝征讨蚩尤时曾经用过的，以后便不曾再用。因为没有人敢用也没人能拉得开这张弓，便放在这里只作为向百灵魔怪宣示神威之意。哪吒不知底里，当下去插架上取下神弓神箭，搭上箭拉满弓，望着西南一箭射去，那箭就像疾鸟般地飞去，顷刻消逝得杳无踪影。

哪吒只顾好玩，却不知这一回又闯了大祸。

原来西南有一座骷髅山，山下有一个白骨洞，洞中住着个石矶娘娘，乃是诸魔的首领。石矶娘娘有一个儿子，这天正在山下采药玩要。哪吒的神箭射来，竟不偏不歪，射中了石矶娘娘儿子的心窝，这小子两眼一翻，登时毙命。

石矶娘娘知道是哪吒所为，心里大恼，便点集洞中魔兵，来向哪吒讨命。哪吒趁李靖不在，盗了他的降魔杵，迎斗石矶娘娘带来的一帮人马。靠了哪吒的神勇和降魔杵的威力，竟把石矶娘娘杀得向西节节败退，最后死在降魔杵下，一看，才知是一块狰狞可怖的顽石。

哪吒割肉还母，剔骨还父

哪吒扛着降魔杵，意满心得地回到家中，还找来前天在东海所抽的龙筋，向自己爹爹报告战绩。李靖从哪吒手里夺过降魔杵，坐在堂中，一言不发，满脸怒气。素知夫人在旁边也只是愁眉苦脸，唉声叹气。哪吒惶惑不解，赔着笑说：

“这龙筋可以做成绦子，给爹爹束甲……”

李靖怒气冲冲，抓过龙筋，扔在地上，骂道：

“你这孽障，闯了大祸，眼见就有灭门之灾，还说什么束甲哩！”

“我闯什么祸？……”

“你杀死龙王，上干天条；又打死石矶娘娘，你可知她是诸魔的首领，现在诸魔要兴兵报仇来了！”

“我不怕！……”

“你还嘴强，”李靖举起降魔杵发狠地说，“我恨不得拿这杵来打死你这闯祸的孽种！”

“儿呀，你做事未免也太莽撞些……”素知夫人也抹着眼泪说。

"爹妈别埋怨了，"哪吒咬了咬牙齿，舒眉展眼，平静地说，"一人做事一人当，我绝不连累你们。现在我就剔骨还父，割肉还母，报答爹妈的恩情就是了。"说着他就抢前一步，从李靖腰间抽出宝剑，先砍掉自己的左胳膊，然后自剖其腹，剜肠剔骨，倒地身亡。李靖大惊。慌乱的素知夫人要去阻止，已来不及。只好把哪吒的尸体收拾起来，草草掩埋了。

哪吒莲花现身

却说哪吒的魂魄杳杳冥冥，飘飘荡荡，随风定止，来到西方灵鹫山释迦牟尼佛所在地，告诉世尊他的冤情。世尊启慧眼一看，说道：

"哪吒虽然鲁莽，妄杀老龙，却有降魔之功，今后世界诸魔，仍当汝去降伏。"

说着就伸下手来，在莲池中摘了莲花二枝，荷叶三个，将花瓣勒下，铺成头、胸、腹、三才，荷叶梗折成三百骨节，分别凑成手足四肢，再将金丹一粒，放在当中，便将莲池中的水蘸些来洒在人形的花瓣叶梗上，念了一番真言咒语，然后喝道：

"哪吒不起，更待何时！"

只见莲花化身的哪吒，从草坪上一跃而起，和原先的真身竟一般无二。哪吒登时顶礼膜拜，谢过世尊活命之恩。世尊便授给哪吒密轮金刚法旨，并将"木长子"三个字的秘诀传授给他。

哪吒得了世尊的传授，从此以后，就神通广大，法力无边，能变大变小，透河入海，移星转斗，驯龙伏虎。石矶娘娘毙命后，起来为她复仇的诸魔如牛魔王、狮子魔王、大象魔王、吞世界魔王、鬼子母魔王、九头魔王、多利魔王、番天魔王、五百夜叉、七十二火鸦等，一个个全被他降伏了。据说当孙悟空大闹天宫时，他还帮助李天王去擒拿过孙悟空；李冰父子治水时，也帮助李冰父子去降过孽龙。为此之故，佛祖如来的灵山会上，公认他为威灵显赫的大将军；玉帝也封他为三十六员第一总领使，让他永镇在天门上。

“托塔天王”的由来

最后，还有一点关于塔的小故事需要交代一下。

哪吒的父亲李天王手里本来是没有塔的，后来却有了塔，并且还号称“托塔天王”，是怎么一回事呢？原来据说哪吒被佛祖用莲花化身，他复活转生以后，想起他父亲曾经逼他至死，心里怀恨，曾想去杀死他的父亲。哪吒法力神通广大，李靖哪里是他的对手。正在父子鏖兵、万分危急之间，佛祖又特来赐给李靖九层玲珑宝塔一座。这塔只要一镇压下来，若是凡人，被罩在里面，塔里火发，立刻烧成灰烬。神仙虽然有些法力，罩在塔里也难受熬炼之苦。哪吒在里面试过一回，以后再也不敢试了，因此之故，才终于服从了父亲。为了防患于未然，李靖便只好常在手里托着这塔，后来成了神，这托塔的形姿便成了他降魔的象征。

贰拾肆 陷湖传说

秦始皇时代，有两个传说故事，对于后代的神话传说，有着比较深刻的影响和普遍的代表性：一个是关于陷湖的传说，另一个是关于龙母的传说。先说前面的一个——

由拳县湖

秦代设置的由拳县，原本叫作长水县，它的故治在如今浙江省嘉兴县南边五里。那里有一座山，秦始皇听术士说山上有王气，便遣发了一批被判死刑的囚徒去凿这山，要挖掉山上的王气。凿山的囚徒工作太辛苦劳倦了，忽然一哄而散，所以人们叫这山作囚倦山，山旁置县，便叫囚倦县。后来语言发生错讹，便把山叫作由拳山，这个县也叫作由拳县。秦始皇时候，那里有童谣这么说——

城门有了血，

城要变成湖。

有个老太婆，听了这童谣，心里很担忧受怕，天天都去城门上探望，看是不是有了血。守门的兵丁觉得老太婆形迹可疑，打算把她捆绑起来。老太婆说明缘由，大家才一笑置之，放走了她。不久杀狗加餐，有人就拿狗血往城门上涂，想和这个神经有点毛病的老女人开开玩笑。老太婆果然又来了，一见城门上有血，转身便跑，再也不敢回头看。老太婆去后不久，忽然大水涨了起来，眼看便要淹到县城。一个名叫“干”的主簿官赶紧把这情况报告县官，县官望着主簿官的头，诧异地说：“你头上为什么顶了一条鱼？”主簿官望着县官的头，也诧异地说：“太爷您的头上也有鱼呀！”正说着，大水已经铺天盖地地压了下来，于是好好一座由拳县城，刹那间便沦陷做了湖泊。那个老太婆，牵着一条狗，急急忙忙向北走了六十里，一直爬上伊莱山的山顶，才免除了这场水患。

这类民间传说很多，各地地方志上都不乏记载，像安徽省的“古巢石龟”“历阳湖”，山东省的“东明石狮”，四川省的“邛都老姥”等都是。它们的内容情节，都大同小异。只是“邛都老姥”传说，还带有一些龙母传说的色彩，稍微显得别致。现在就把它简单写在下面——

邛都老姥

古时益州邛都县县城旁边，住着个老妈妈，家贫无依，独自生活。每当吃饭时候，便看见一条小蛇，头上长角，在床间盘旋，仿佛向老妈妈求食。老妈妈怜爱这条小蛇，便把自己吃的饭菜，分出些来给小蛇吃。后来小蛇渐渐长大了，直大到有一丈多长的光景。

本县县令有一匹骏马，一天，他骑着这匹马经过老妈妈的家门前。在老妈妈家过苦日子的半饥半饱的蛇突然从门里跃出，纵上马身，咬住马的脖子，吸食里面的血液。县令从马背受惊跌下，跌得半死；马血被吸干了，马也登时死亡。

县令愤恨骏马损失，养好创伤后，便带着一帮如狼似虎的衙役，来到老妈妈家，要她把蛇交出来。蛇来去自如，它的行踪，老妈妈虽然约略知道一些，却不愿说。后来实在被逼不过了，老妈妈才赌气地说："在床底下！"

县令马上叫人抬开床，挖掘床下的土地，坑愈挖愈深，愈挖愈大，结果是毫无所见。县令迁怒，立刻把这个孤贫无靠的老妈妈杀掉了。

蛇忽然将它的精灵附在某个人的身上，站在老妈妈的门前，当众大骂：

"可恨的狗官，为什么杀死我的母亲？我定要为我母亲报仇！"

从此以后每天晚上都要听见轰隆隆或是呼啦啦的吹风打雷的声音，一连响了四十多天。城里百姓见面时，都要互相惊问："你的头上怎么会忽然顶着一条鱼呢？"当天晚上，周围四十里地方，连同邛都县县城，一时都陷落下去成了湖泊。当地土人就把这湖称作"陷湖"，就是现在四川省西昌市东南的邛海。

值得惊讶的是，只有县城旁边老妈妈那座小屋安然无恙，直到许多年以后还保存着，像小岛样地兀立在湖中。捞鱼捕虾的渔民，一定要依靠老妈妈的住宅，作他们的栖宿地，纵有风浪，这里独安静如常。每当风静水清的时候，站在湖旁高处一看，还可见到沉浸在湖底的城郭楼橹的清晰的影子。水浅的时候，当地土人常没入水去捞取早年的旧木料，一段段木料看来是那样的坚固黑亮，仿佛用漆漆过似的。好事的人每每将它们锯作枕头，互相馈赠。

贰拾伍 德庆龙母

龙母神话故事，大概可以分作两种类型：一种是“德庆龙母”型，另一种是“望娘滩”型。前一种大约讲的是一个孤贫老母养了一条蜥蜴样的小生物后来变化成龙，后一种大约讲的是一个穷寡妇的儿子由于吞食了异物终于化身成龙。现在先讲前面的一种——

德庆龙母

古时候，有个姓温的老太婆，是端溪县人，端溪县就是现在广东省的德庆县。老太婆家里贫穷，平时全靠捕鱼来维持生活。有一天正捕鱼的时候，忽然在水边发现一个蛋，有斗那么大，她觉得奇怪，就把它抱回家去，拿个盒子来装着。

过了十多天，仿佛听到盒子里有窸窸窣窣的响声，她便打开盒子一看，只见一条像蜥蜴般的东西，有一尺多长，已经从蛋里破壳而出，在盒子的边沿上爬行着。

老太婆也不害怕，便让它在屋子里爬进爬出，或去或留，一切听其自然。老太婆有时拿点小鱼小虾或吃剩的饭喂它，夜晚它便伏卧在老太婆的床下，就像是老太婆的儿子。

这家伙慢慢长到五尺多，便能够到水里去捕鱼，一天要捕十多条。又渐渐长到两丈多，捕的鱼更多了，都衔来献给老太婆。从此它便不再上岸，成天到晚只是在波浪里游戏，徘徊在老太婆的身边。

一天，老太婆在岸边砧板上砍鱼，大蜥蜴正浮游过来，尾巴扫在砧板上，老太婆不小心，一刀下去，斩断了它的尾巴。怪东西身上流着血，迟疑地逡巡着，在水边游了一会儿，终于游开了去，不再回来了。

几年以后，这家伙才又游回到老太婆的住处来。老太婆见它头角齐备、鳞甲闪光，显然已经长成为一条龙了，便情不自禁地喊道："龙儿子回来了！龙儿子如今又回来了！"这龙就在老太婆身边盘旋游戏，亲热驯顺和以往一般，从此再也不离开了。

秦始皇知道了这件事，心里满怀高兴，大言不惭地说："龙儿子的事，都是我的德化所致的啊！"便打发个使臣，拿了块黑色的圭，去聘请老太婆到京都咸阳来。

老太婆留恋乡土，不乐意万里迢迢跑到京都去享受荣华富贵，由于使臣再三敦促，才勉勉强强跟随他坐船到了始兴江。始兴江去端溪有千里光景，龙也跟随在老太婆的船后。

龙知道老太婆的心意，船刚到始兴江，龙便把船一下子拖了回去，还不到一个晚上，便又回到了原来的住处。像这样的情况，重复出现了好几回。使臣害怕起来，只得据实奏明始皇；始皇觉得无法可想，也只好就此罢休了，终于没有能够把老太婆召进京城。

后来老太婆死了，埋葬在江的南岸，龙儿子常常涌了大波大浪，来到老太婆的墓边，萦绕波浪，转动沙堆，把原来的坟墓加大，不久就成了一座新的大坟。人们后来就把这坟叫作龙母坟，把这条龙叫作掘尾龙，据说还专门制作了一种模仿断尾巴龙的船来作为纪念。

接着把后面一种“望娘滩”型的龙母故事也大略讲一讲——

望娘滩

许多年前，在灌县岷江江边，住着一户穷苦人家，只有母子两人。母亲体弱多病，眼睛又不大好使，全靠她那十四五岁的孩子，每天出去割草卖钱买米来维持生活。

有一年天旱，连草也不好割，日子过得真是艰难呀！

一天早晨，孩子照常背着背兜出去割草，到处寻找了一遍，没有见到草的影子，谁知偶然走到一条山溪边，却发现了一坪青草，长得特别茂盛青葱，非常可爱。孩子赶忙将草割满一背兜，拿去卖钱买米，一天的日子就这样轻松对付过去了。

第二天孩子去到山溪边，只见原来割草的地方又长满了一坪茂盛的青草，孩子又割了一大背兜。以后天天去割，天天都有新草生长。孩子觉得奇怪，就带个锄头去把那地方挖开看看，不料却在草根下发现了一颗红艳艳的光辉灿烂的珠子。

孩子非常高兴，忙把珠子揣在身上，带回家去给母亲看。母亲把珠子凑近眼前仔细看了一番，也称奇不置。珠子虽美，究竟不能当饭吃，看够了就随手把它朝米坛子里一丢。

第二天揭开米坛子一看，奇事发生了：原来只有几把米的米坛子，现在却是满满一坛白米，那红艳艳的珠子正浮在白米上面，娘儿俩看了几乎不相信自己的眼睛。

怕是偶然碰巧，又把米坛子的米全部空出，只剩少许米在里面，再放进珠子，第二天揭开坛子一看，又是满满一坛白米。

以后把珠子放在钱柜里，钱也满柜；放在油缸里，油也满缸。无论把珠子放在装有什么东西的地方，那地方的东西总是变得满满的。娘儿俩的生活一下子就富裕起来，再不像先前那样每天愁柴愁米了。

穷家暴富，不免引起人们的好奇和怀疑。一些人就跑去探问他们发家致富的缘由。素来忠厚老实的他们，起初虽然也有些不愿意说，经不起人们再三追问，只得把偶然得到宝珠的事原原本本地告诉了大家，并且对缺钱少米的人家，还做了慷慨无私的援助。这就使得宝珠的消息很快地到处传扬开了。

消息传到附近一家贪婪凶狠、爱财如命的员外的耳朵里，员外就带了几个狗腿子，到穷孩子家里去，要他把宝贝拿出来大家看看。

娘儿俩明知道这帮人来意不善，但是经不住他们七嘴八舌地硬吓软哄，只得无可奈何地将宝珠取出来给他们看。

员外拿着那颗红艳艳的珠子在手里，看了又看，欢喜得简直要发狂。他那狼一般的眼睛里，早已闪耀出遏制不住的贪馋的凶光。孩子一见，知道事情不妙，忙从员外手里夺回宝珠往口里一塞。

“干什么？”员外怒问。

“你管我！”孩子从齿缝里愤恨地回答。

员外努嘴，几个狗腿子一齐拥上来，有的捉手膀，有的扼喉咙，齐向孩子呐喊：“吐出来！”孩子蹬着，踢着，反抗着这帮恶徒的暴行。

员外恶狠狠地走上前来，抡起巴掌，照着孩子的脸颊就是一耳光，企图将宝珠从他嘴里打出。哪知这一打打得扼喉咙的松了手，宝珠反而被愤怒的孩子一口吞下肚了。员外见宝珠被吞进肚，大失所望，但还不肯立即罢休，还在那里无理取闹了一场，口口声声咬定宝珠是他的，孩子偷了他的宝珠吞进肚，以后还要来找娘儿俩算账……这才悻悻地带着狗腿子们回去了。

恶徒走后，孩子怒气填膺，登时觉得被他吞进肚子的那颗宝珠，已经化作了熊熊烈火，在熬煎着他的五脏六腑，使他烦躁而又口渴，喉咙里好像要冒出青烟。他顺手拿起茶碗来喝茶，连喝几大碗都不顶事。丢了茶碗，抱起茶壶来咕嘟嘟一阵子喝，茶壶里的水喝光了，渴还是止不住。又拿水瓢舀水缸里的水喝，一气喝了二三十瓢，还是口渴得要命。于是没头没脑地奔跑出门去，逢井水喝井水，见堰塘喝堰塘的水，愈喝愈是口渴，愈口渴愈是火冒。终于他扯着自己头发，发疯般地直朝江边奔去。母亲看见孩子这种反常的动作，早吓慌了，拄着一根拐杖，踉踉跄跄地跟随在他的身后跑去。

孩子跑到江边，就伏下身子来喝江里的水。他的右足曲着，左足伸在江岸上。母亲赶到了，看到这种情景，怕儿子掉进江里，急忙扔了拐杖，用双手去把他的左足抱着。刚说一句："儿啊，你要少喝些生水才是啊！"只见儿子嘟着嘴唇把江里的水这么一吸，江水陡然就浅落了好几寸。母亲正在惊惶，忽见风起云涌，又是雷鸣，又是闪电，天和地都变了颜色。母亲只觉得儿子也正随着自然界的变化而发生变化：他的身躯在变粗、变长，他的头上在长角，身上在起鳞甲——这不明明已经变成一条龙了吗？

是啊，她的儿子已经不是人，而是一条龙了。只见这龙眼睛里闪耀着愤怒的光芒，张着雪亮亮的牙齿，挥舞着钢钩般的巨爪，正要向波涛汹涌的江心奔去。母亲心里真是害怕，但还紧紧地抱住儿子的左足不肯放松——因此，这条龙的左足便做了母爱的凭证，一直是人足，没有来得及变化，从此再也不能变化了。

变成了龙的孩子要奔向水国，他的胸中燃烧着仇恨的猛火，他的心里怀着毁灭一切的怒气，他要去搬来水国的兵马，兴起滔天的波涛来淹灭这贪残可恨的世间，当然首先是那个夺去了他幸福生活的狗恶霸的庄园。他现在要和母亲分别了，可是他的母亲还抱住他的左足不肯放松。他在江边把他龙形的身躯盘曲腾跃着，真不忍心和他亲爱的母亲马上分别。猛然间电光一闪，霹雳一响，接着是狂暴的大雨哗哗地从天空降落下来。他知道时候到了，只得狠了狠心，使劲一挣，母亲一撒手，仰天跌倒在岸边。成了龙的儿子就带着一只未变的人足跃入江心，在狂风和大雨中冲涛击浪地向上游去了。

母亲从地上挣扎起来，张开两只枯瘦的手臂乱挥乱舞：“儿啊！儿啊！”一头灰白蓬乱的头发在风雨中飘扬。儿子听见母亲悲惨的呼声，心里也是万分悲痛，难分难舍，不由不回头过去，频频看望。他每次一回头的时候，都在他身体扭曲的地方出现一片河滩。他一连回头了二十四次，沿江一带就出现了二十四个河滩。后来的人们就把这些河滩叫作“望娘滩”，一直遗留到现在。

贰拾陆 董永和七仙女

董永和七仙女的神话，可能在东汉时期就已经有了。东汉画像石已有董永鹿车载父画像，就是一个证明。在曹植、干宝和托名刘向等人的著作里，也记述得清楚明白。经过后代人民群众和民间艺人的加工，故事的情节更是丰富完美了。现在就将流传在近代民间的这个神话故事，大略叙写如下——

槐荫婚配

七仙女是天上的织女，她有姊妹一共七人，她是她们中年纪最小的一个，所以叫作“七仙女”。她和她的姐姐们在天宫辛勤织作，织成云锦天衣，打发了许许多多寂寞的日子。

七仙女不甘心寂寞，便趁玉帝设宴宴请四海神仙的机会，邀约姐姐们到天宫外面去游览一番。

众仙女驾着彩云，在天空四处遨游，见了人间渔、樵、耕、读种种情景，小妹的心思总觉着人间生活远胜天上。

后来看见一个汉子，粗眉大眼，面带忠厚，身体壮实，却是哭哭啼啼，正在寒窑收拾东西，光景像要出门去。

小妹见了不解，问姐姐那汉子究竟为了什么事啼哭。大姐告诉她：这个人家住丹阳，姓董名永，父子二人，以耕种为业。董永平时孝顺父亲，父亲病了，常拿牛车把父亲载在身旁，随时殷勤侍奉他。如今父亲死了，没有棺木安葬，万般无奈，只得卖身为奴，才换得钱来把父亲埋葬了，现在要到傅员外家上工去，所以忧愁啼哭。

小妹听了，不禁引动对那个汉子的爱怜之心，想和那个勤劳忠厚的汉子，共同去缔造人间幸福美满的生活。

当她大胆地将她的想法向姐姐们提出时，姐姐们起初不以为然，后来终于同情支持了她，把一包“难香”送给她，说今后在人间如果遇到困难，便可烧起难香，姐姐们自然会来救助。

七仙女于是带着难香，下到凡间。

她在路上遇见手拿雨伞、肩挎包裹、急匆匆前去上工的董永，就和董永调笑逗趣，调笑逗趣中把自己的心愿告诉董永。董永实在也喜欢这个年轻活泼的美丽姑娘，她像一束明亮的阳光，驱散了自己周围的阴霾。但是他因为贫穷，没有养家糊口的能力，怕误了姑娘的终身，还是以一无主婚、二无媒人为借口，谢绝了姑娘的诚意。

七仙女立即拘了当地的土地来，叫土地变作过路老汉，就让过路老汉替他们主婚。又叫他们相逢处的一棵老槐树开了口，让老槐树替他们做了媒人。于是他们就在槐荫树下双双交拜，成了夫妻。

槐荫分别

成婚以后，董永夫妻一同来到傅员外家上工，因卖身文契上原写着“无牵无挂”，如今多了一个女人，傅员外不肯收留。经过恳求和争论，才限定董永夫妻当晚织出云锦十匹，如果能织出来，三年长工改为百日，否则三年之后再加三年。七仙女马上爽利地答应了，董永却感到十分忧愁，连连唉声叹气。

当天晚上，七仙女劝董永先睡，自己便把那炷下凡时姐姐们送的难香烧起来，请她们前来帮助。顷刻之间，天上的众仙女都闻香赶到了，马上请动天丝，“经”将起来，“梳”将起来。果然在一夜之间，织出了绚丽的云锦十匹。

第二天夫妻俩把云锦送交主人，主人大为惊异。但因有约在先，无法留难。到百日期满，他们就欢喜地辞别主人，回家去了。

路上七仙女悄悄告诉董永自己已有身孕，董永听了更是喜上加喜。他们都憧憬着建立一个温暖的小家，过男耕女织的幸福生活。

可是玉帝已查出七仙女私下凡尘，立刻派遣天使，催动钟鼓，在云端传旨，叫七仙女在午时三刻，返回天庭。倘若不然，定派天兵天将捉拿，并将董永碎尸万段，幸福的美梦就此破碎了。

七仙女怕董永惨遭毒手，只得在老槐树下和他忍痛分离。董永要媒人老槐树为他留下心爱的妻子，可是从前那样和蔼可亲、声叫声应的老槐树，这时却板着面孔，叫千声叫万声也不应答，它真成了一段哑木头。看看红日已经当头，午时三刻就要来到，天上的雷声也隐隐可闻。帝规森严，父命难违，恩爱夫妻一下子就将永远分离，这是何等惨绝人寰的悲剧！七仙女趁董永昏倒在地的顷刻，忙撕下罗裙，咬破指头，写了一封血书，告诉董永：“明年碧桃花开日，槐树下面把子交。”便急匆匆跟着天使上天去了。

贰拾柒 沉香救母

沉香救母神话，故事的时代背景说是在汉代，但是古书对此从无正式记录。只是在近代的唱本鼓词中才见到此一神话的梗概。现在就把其中的两三种综合起来，大致叙写如下——

华山庙店的姻缘

汉朝时候，有个名叫刘向的士子，进京去赶考，路过华山神庙，见神庙里所塑的华岳三娘子神像，形姿美丽，不觉对她生了爱心，便从囊中取出笔砚，磨墨蘸笔，在神帷上题了四句诗——

仙姿玉貌岂寻常，
说甚西施共王嫱。
若非木雕金装像，

不羡蓬莱羡鸳鸯。

题罢诗句，收拾好笔砚，仍带着书童，登程去了。华岳三娘从王母娘娘蟠桃宴会上赴宴回来，见神帷上的题诗，心中恼怒，便操起一把青锋宝剑，赶上前去，要诛杀那个敢于亵渎神明的狂妄书生。

玉皇大帝闻知此事，当即差遣太白金星下降，谕告华岳三娘说，你和刘向有姻缘三宿夫妻之分，将来还会生出一个不平凡的英雄儿子，切不可造次行动。

三娘赶上前去见了刘向，见他竟是一个风度潇洒、仪容俊雅的青年，不由也动了爱念。便谨遵玉帝之命，设法在半路留住这个匆忙进京赶考的书生。

她先运用神通法力，幻化出一座大家宅院，宅院中布置灵堂，自己身穿孝服，接待了在风雨中前来投宿的刘向主仆。三娘诡称父母双亡，自幼不曾招亲，如有年庚相当的男子，愿意招他入赘家门，主持祖上所遗的万贯家业。

刘向见女主人的容颜身段，竟像在哪里见过似的：她既青春美丽，又广有家财，也就动了依允之意。但又想到没有“父母之命、媒妁之言”，和周公制定的仪礼不相应，怕将来成为名教罪人，又不敢依允。

三娘见刘向说话期期艾艾，推三阻四，心里烦恼，忽然变了脸色，叫女童儿将他赶出门去。又甩出一根藤杖，变化作一条大蟒蛇，躺在路心，张开血盆巨口，做出要吃人的样子。刘向主仆吓得魂不附体，只得仍回三娘宅院。

梅香、安童等奴仆都来相劝，刘向只得说：“要我成亲，须依我三件事体：一要有媒人说合，二要有主婚人主婚，三要有年庚帖子作凭据。”三娘听了，喜笑颜开，爽快利落地回答说：“媒人就是这些丫鬟使女，主婚人就是我自己，至于年庚帖子么，早已经准备好在这里了。”于是华堂上张灯结彩，刘向和三娘成了婚配。

一夜夫妻，谈古论今；两夜夫妻，讲说天文地理；三夜夫妻，恩情难解难分。刘向一早起身，要上京应试去了。三娘道：“你猜我是何人？猜得着，放你去；猜不着，休想去。”三宿相依，刘向多半已经有些明白，说除了“神仙”二字，再也想不出其他了。三娘大笑，说我就是华岳神女，要不是你莽撞题诗，玉帝恩准，还没有今天呢。又说：“我已有了身孕；爹爹送我三件宝物：夜明珠一颗，玻璃盏一对，全部送予你带进京城——只是你却将什么东西送我呢？”刘向说：“我有沉香一块，是外国进贡过来，先王赐给我公公，公公传给我爹爹，爹爹传给我，乃是无价之宝。我如今将它送你，倘若生下是个男孩，就取‘沉香’为名，将来也好作为认记，来认寻他的父亲。”

刘向进宝逢殃

刘向辞别三娘，带着童仆，途中经历许多艰险，终于到了京城，在一家过夜的客店安歇。打听考期，是三月初三，今天已是三月十五，头场已过，迟了日脚。刘向闷闷不乐，心里寻思：只因路上耽搁，考试不成，难求一官半职，怎好空手回去见爹娘？贤妻赠我三件宝贝，不如拿去献予君王，说不定会取得封赏。想毕心中得意，便将宝贝全拿出来再仔细观玩一番。

朝中有一个姓胡的丞相，是个奸臣，正饮酒回家，经过客店，见板壁缝中透露出闪闪毫光。奸臣忙叫家人打进店堂，搜出三件宝贝，捉住刘向主仆，诬他们是江洋大盗。他本想将宝贝全部吞没，又怕皇帝知道定罪，反而不好，干脆将捏造的情由奏上一本，心想皇上闻知，必有升赏。

皇帝听说捉住两个江洋大盗，就命胡丞相自己去审问发落。胡丞相接到口诏，得意非凡，登时叫人将刘向主仆从牢中提出，连审也不审，便将他们绑赴法场，就要问斩。

正在危急的时候，忽然天昏地暗，狂风大起，飞沙走石，吓得刽子手慌忙提刀逃走，胡丞相三魂掉了两魂。原来是华岳三娘在冥空中施展法力，将监斩官刽子手全部吓散，法场上只剩下被捆绑的刘向主仆二人。风沙刮处，皇帝坐在金銮殿上也觉得摇摇晃晃，很不安稳。王翰林是个忠臣，乘机启奏，说所拿刘向必有冤枉。皇帝赶紧颁下圣旨，叫刀斧手手下留人。

刘向上朝面见君王，将他上京赶考、路遇华岳三娘、三娘赠宝、胡丞相陷害等情由一一奏明。皇上闻奏大怒，喝声："速拿奸臣！"即命御都督将胡丞相拿下处斩，号令首级午门示众。三件宝贝，顿时搜出。皇上亲自给刘向出了题目，刘向提笔一挥而就，然后文章宝贝一齐进献皇帝。皇帝见了，龙颜大悦，钦赐刘向做了代天巡按，赶赴扬州上任。

刘向行船走马，快似风云，前面早到华山神庙，在庙里住宿了一宵，三娘仍来相会，共叙衷情。天明忧伤分别，刘向一路思念，回到家中。见了爹娘和亲眷，各处官员都来贺喜，又是一番热闹。刘向在家住了几日，依爹娘的话娶了一个姓王的姑娘为妻，带着新婚夫人同到扬州上任。刘向为官清正，百姓个个欢喜。王夫人十分贤慧，刘向深享家庭之乐。

不提刘向这边的事，且说华岳三娘一段情由。

华岳三娘被压黑风洞

时值王母娘娘寿诞，各洞神仙都去庆寿，独华岳三娘因有孕在身，不能去赴会，只好装病，不敢出门。她哥哥二郎神在蟠桃会上，多饮了几杯，取笑何仙姑“身子急鼓鼓”，意思是说仙姑体胖，像怀孕的妇女。哪知却被羞恼的何仙姑讥笑，说他妹子私嫁凡人，身粗腹大，不敢来赴会，如若不信，可以自去打听。

二郎神一听这话，怒气冲冲，赶到华山，责问妹子。几句话不投机，兄妹俩就变了脸色，各执武器：二郎神使一把三尖两刃刀，三娘使双刀，拼死拼活地战斗起来。

三娘虽然武艺超群，但毕竟是妇女，又兼有了身孕，自然不是哥哥的对手，渐渐感到力气不支，只得且战且退。二郎神一边追赶，一边念动咒语，忽地蹲下身来，陡然一伸，变作万丈高的身子，两手把华山轻轻提起，向三娘头上猛压下去，正在败逃不及防备的三娘就被压在华山脚下了。三娘被困处的黑黝黝的山洞，名叫黑风洞，二郎神紧紧锁了洞门，并派遣夜叉小鬼前去看守。

在黑风洞中，三娘十月胎满，生下一个儿子，面相端正，额颅丰满，像他的父亲；鼻梁和嘴唇，却又有英武坚毅的气概，像三娘本人。三娘怀着无限欢喜的心情，依刘向所嘱，将孩子取名“沉香”。待孩子稍大，便将刘向所赠沉香袋系在他的颈脖上，咬破指头，写了一封血书，嘱托山神土地，送去扬州寻认父亲。

沉香救母得宝

山神土地不敢怠慢，抱了孩子，飞速送到扬州。巡按大人刘向，夜间正伏案料理公文，忽见山神土地送来孩子，将孩子和血书放置案头，倏忽隐去不见。刘向看了血书，知道三娘被压在华山受苦，却无计可施，只得将孩子抱进，交王氏夫人抚养。这年秋天，王夫人也生了一个男孩，取名秋儿，就将两个孩子一齐抚养着。

沉香和秋儿长到七八岁，送进学堂读书。到十二岁，遇清明节，先生放学，回家扫墓去了。时逢秦丞相的公子秦官保，也在学堂读书，他讥笑沉香是没有娘的孩子，是个怪种。沉香不堪侮弄，和官保忿争，秋儿帮助沉香，两人一顿拳头，便将官保活活打死了。秦丞相奏明君王，要拿二人问罪。王夫人深明大义，因三娘被压在华山，还需有人去拯救，便忍痛将沉香放走，拿自己的儿子秋儿去抵罪。

刘向向沉香说明他诞生的根源，以及他母亲被压在华山的情由，要他速速逃命，并去拯救他的母亲。沉香辞别父母，向华山亲生母亲的神庙行去。到了华山神庙，只见一尊年轻妇女的神像，很像自己梦中思念的母亲，却不知道母亲究竟被压在什么地方。沉香挥泪离开神庙，只在山前山后，团团乱走，逢人便问他母亲的去向。沉香暗中立下志愿，要去投拜名师，学习武艺法术，拯救他受苦的亲娘。

经过许多周折，沉香终于来到终南山白云湾，见到了在那里弹唱、着棋、吟诗的汉钟离、吕洞宾、铁拐李、何仙姑等八个仙人。八仙得知沉香母亲受苦的情由，都非常同情这个孝心坚决的孩子。何仙姑想起蟠桃会上她和二郎神言语抵触，激怒了二郎神，以致造成三娘身遭不幸的事，更是深感内疚。当下何仙姑便慨然收沉香做了她的徒弟，教他兵法和武艺，在深山勤学苦练，转瞬不觉过了三年。

那一年又值王母娘娘蟠桃盛会，群仙都要去赴会，何仙姑把山洞钥匙交给沉香，叮嘱他道："好好守住这洞，千万不要打开看，里面有青龙、白虎、豺狼、大象，都是要吃人的。"

何仙姑走后，沉香心想："什么青龙、白虎？我偏不信；洞里定有稀奇的宝贝，若是能够得到兵书宝剑，我就拿去救我的母亲。"

想罢毅然取出钥匙，打开洞门。里面果然没有什么豺狼虎豹，却在一重洞里，看见一树仙桃，红艳艳的，十分可爱。沉香动手采了三四个来吃，顿时觉得精神陡涨。打开二重洞，看见一个葫芦，里面装的全是仙丹妙药，沉香吃了仙药，觉得周身骨节都轻松了，好像要腾空而起。打开三重洞，看见一个黄纸密封的酒坛，揭开封皮纸，酒香扑鼻，一气喝了十多口，顿时觉得力大无比。打开四重洞，有兵书宝剑、乌靴战袍。打开五重洞，有金盔金甲，还有吕望的《六韬》、黄石公的《三略》。六重洞里，有一匹神骏的龙马，鞍辔齐全。七重洞里，有一张铁臂神弓，一只龙纹金镶的箭袋，内盛狼牙箭五支。最后一重——八重洞里，有一把红彤彤的萱花板斧，闪闪发光，斧背上镌了七个金字："赐予沉香救母亲"。沉香大喜，将萱花板斧提起来挥舞了一番，也不觉得很重，只像纸糊的一般，实际上若将此斧去称，足有八百斤呢。沉香将武器兵书等都收拾起来，着了战袍，穿上盔甲，胯骑龙马，威风凛凛地走出洞门。

沉香幻形训舅

龙马一出洞，抖抖鬣毛，一声长嘶，四蹄一蹬，便载着沉香，飞腾高空，直奔华山而去。不久到了华山地带，降落山巅。沉香立在马上，大声呼唤：

“我的母亲在哪里？——母亲在哪里？”

沉香的呼声悲恸宏壮，四面山峰和崖谷都传来了回音。这声音惊动了在灌口享受香火的二郎神，二郎神身着金盔银甲，手执三尖两刃刀出现在沉香的面前。

二郎神道：“谁在这里大呼小叫？”

沉香心想，必是娘舅到了，赶紧滚鞍下马，向二郎神礼拜，说：“不是别人，是你外甥在此。娘的事虽然不好，一来要看外公外婆的面，二来要看外甥的面。务求娘舅放我母亲出来，让我们母子团聚。”

二郎神道：“畜生住口！不提你娘，还则罢了，提起你的娘，其罪难逃！若要你们母子相会，除非是昆仑山起波浪，大海起尘埃。”

沉香道：“娘舅放我母亲出来，万事全休；如若不放，休怪外甥无礼。”

二郎神再不答话，手执三尖两刃刀直向沉香砍去，沉香也拿萱花板斧相迎，两个人刀来斧往，在山巅一场大战。沉香武器虽精，武艺还有些欠缺，不是久经战阵的二郎神的对手，渐渐有些支持不住。二郎神正想提起华山，将沉香来镇住，沉香急忙高声叫道：

“师父快来救我！”

何仙姑在洞府中听得，慌忙约齐八洞神仙，以及三十六洞府、十洲三岛的众仙人，还有长眉大仙、九天玄女娘娘等前来相助。二郎神也慌忙念动真言咒语，请来四大金刚、八大菩萨、六丁六甲、张元帅、郭将军、哼哈二将等前来助阵。华山顶上，神人仙人一场混战，杀得难解难分。

二郎神又和沉香赌变化：二郎神变了一块大石头，沉香就变一个斫石头的石匠；二郎神变了一只猿猴，沉香就变一个锁猿猴的扬州婆；二郎神又变一条张牙舞爪的蛟龙，沉香就变一个降龙的人；二郎神变一只吊睛白额大老虎，沉香又变一个伏虎的人；二郎神变一个火童子，沉香就变一个水童子……二郎神有三十六变，沉香有七十二变。变来变去，二郎神总也变不过沉香。二郎神见不能取胜，只得一溜烟逃回灌口。沉香只有萱花板斧，没有开山神斧，开山神斧还在斧劈桃山的二郎神手里，沉香要救母亲，还得想法从娘舅那里弄到开山神斧。

二郎神斧劈华山

沉香变化无穷，忽然心生一计，立刻变成外公外婆的模样，驾起祥云，去到灌口。二郎一见，忙跪地相迎，说："不知爹娘驾到，有失远迎。"他娘云台公主沉着脸面，开言说道："说什么远迎不远迎，想当初为娘被压在桃山脚下，你就不该劈山将娘救出。"

二郎一听这话，惊得呆了，忙说："娘说这话是什么原因？孩儿救母原是行孝，为何反被母亲嗔恼？"

他爹杨天祐也满脸怒容说："二郎说话不通情理，既然我儿知道行孝，却不许他人略尽孝心？——我且问你，你的小妹三娘，如今在哪里安身？"

二郎急忙答道："小妹不守天规，私配凡人，玷污了香火圣地，是儿将她压在华山脚下黑风洞中，叫她千年万载永受苦刑，以正家法。”

杨天祐喝道：“不准乱讲！自古仙女下凡，常有其事。想我杨天佑五百年前在桃山洞中修炼，若非你娘斗牛宫云台公主张仙姑下凡与我成为婚配，何得有你小妹和你这逆畜二郎的身子？当时玉帝闻知恼怒，将你娘压在桃山脚下，是你孝心深重，历尽千辛万苦，才从老君堂取得开山神斧，斧劈桃山，救出你的亲娘。你现在官尊位显，神威赫赫，居然忘了这段往事，竟倒行逆施起来。你如果一定要正家法，就先将我二老押进黑风洞去！”

二郎听了，脊梁上不禁冷汗直流，连称：“孩儿不敢！孩儿不敢！——愿去华山将小妹三娘放出。”

云台公主说：“那就快去，若是迟延，娘可不容情哩！”

二郎忙取出开山神斧，和爹娘驾云一同来到华山。二郎在云端举起神斧，用力咔嚓一声劈下，一座大山顿时两下分开，中间露出黑风古洞。二郎又去劈那黑风洞，叫道：“小妹快出来，爹娘救你来了！”三娘闻声，忙从洞中走出，形容憔悴，衣衫褴褛，脸上挂着青苔，发丝结成绒毡，睁着一对茫然的眼睛，向兄长二郎问道：“爹爹娘亲在哪里？”二郎转身指道：“这不是吗？”

回头一看，却不见了二位娘亲，只见小小一个沉香孩儿，嘻皮笑脸，从身后跳出，欢欢喜喜跑到三娘跟前，叫一声：“娘！”

二郎登时明白了，不禁紫胀着面皮，大骂：“小畜生，胆敢目无尊长，戏耍娘舅，看我的兵器！”

沉香阖家团圆

二郎从身旁取出三尖两刃刀，劈头盖顶向沉香砍去，沉香一见，连忙躲闪，折了一枝松枝便来迎战。两个人你来我往，一时间又杀得难解难分。旁边急坏了华岳三娘，心想谁胜谁败都是一家人，若是伤了爱儿，娘岂不心疼；若是伤了兄长，又还有同胞手足情分，虽然他为人太狠，但事已过了，总还须让他三分。正在搓手顿足、无计可施的时候，天上忽然来了太白金星，高声叫道：

"快快住手！玉帝有旨。诏曰：二郎神不该私自将华岳三娘压在华山，今日劈山有功，将功折罪；沉香不该戏耍舅父，念在救母行孝可原，命与二郎神赔礼了事；华岳三娘，仍回华山享受香火。"

二郎不敢违旨，只好急忙收兵。他见妹妹褴褛可怜，马上念动真言，将仙衣仙宝还了妹妹。三娘登时恢复了旧时容颜，仪表衣着，变得和往时天仙一般。沉香急忙在娘舅面前跪倒，说道："舅舅，先前为了拯救母亲，实在出于无奈，万望舅舅海量包涵！"

二郎看了英姿飒爽的沉香，也心生怜爱，不觉长叹一声，说道："后生可畏，真不虚言啊！"

说着上前和沉香拥抱起来，脸颊相偎，自然流露舅甥情爱，看得旁边的太白金星和三娘，不觉都泪眼汪汪，动了真情。

正在此时，忽然东南角上黑云卷起，天愁地惨。沉香、二郎众人知道那边必然有变，急忙驾起云头，赶到扬州分野地方。原来三年前沉香和秋儿一同打死秦丞相的儿子秦官保，沉香逃走救母，秋儿送去抵罪，在监狱三年，已问成死罪。监斩官刽子手齐集法场，专等午时三刻开刀。

时辰快要到了，刽子手脸上黑毛毵毵，手膀上鬼头大刀寒光闪闪。恰在这时，沉香、二郎等人来到此地，急忙作起一阵仙法，登时狂风刮地，飞沙走石，监斩官、刽子手、众军兵一齐逃散。沉香救了秋儿，和爹娘一起转回衙门，父母弟兄夫妻团圆。刘向将事情原委写了一本奏明皇君，皇君见了，称道是千古奇闻。有旨奖慰："沉香救母救弟，孝悌堪嘉，着赐'太子'封赏。"沉香不愿为官，在家住了几天，辞别爹娘和弟弟，和母亲三娘同回华山去了。太白金星回返天庭，二郎神也回了西川灌口。刘向在扬州任满，也带着妻儿，告老还乡，享林下清福去了。"沉香太子"的美名，从此流传下来，直到今天。

贰拾捌 张道陵七试赵升

东汉末年，张陵（张道陵）倡导五斗米道，奉老子为教主，以《老子五千文》（即《道德经》）为主要经典，于是道教逐渐形成，张陵便成了道教的开山祖师。古来和神话同源的仙话，在道教徒的推动下，也相应地发展起来。仙话中也有一些是比较有意义的，例如本节所述就是其中的一个——

一试闭门不纳

汉朝末年，有个太学书生，叫张道陵，眼见当时世道乱乱纷纷，觉得读书无益，便弃去书册，到蜀中鹄鸣山去修道。后来得了神仙的指点，炼成丹药服食后，已经成了半个神仙，具有广大的神通法力，但仍留在世间传道授业，济世度人，等待最后道行圆满，白日飞升。

他有许多门徒弟子，其中最得意的一个，是大弟子王长。太上老君曾经在云端亲向他说："你还须带着你的门徒勤行修道，将来真正能够同时飞升冲举的，不过是三个人罢了。"

张道陵一想，论道心的坚定、学道的诚笃，现在够条件的，除了他只有王长一人，还差着一个，这个人究竟是谁呢？有一天，他在丹房静坐，朦胧中仿佛见到一个中年汉子，方面短身，貂裘锦袄，从东方走来，自称姓赵名升，吴郡人氏，久慕真人道法高妙，特地前来拜师学道……正纳罕时，忽然一下惊觉过来。用指头掐算了一下，知道确有其人，而且来的时候是在明年正月初七午时。这个人可能就是将要和他一同登仙的第三个了，但还不知道他的意志与信心究竟如何，还须好好地试他一试。

张道陵且不把这事说破。到了来年正月初七，快到中午，道陵乃向王长说："你师弟就要来了，可叫人这么对待他……"

王长领了法旨，步出山门，往东看去，果见一人走上前来，衣服状貌，一如师父所说。王长悄悄跟诸弟子说："师父将传法予此人，来时切莫与他通报，再骂他几句，不让他入门，他也就只好去了。"诸弟子久厌师父门徒太多，难得真传，听大师兄这么说，都很赞成。

那人走到门前，自称姓赵名升，只因仰慕真人道法，不辞万里前来拜谒。诸弟子但用冷语回答："师父出游去了，不敢擅自相留。"赵升再要恳求，众人都四散走了。到晚上，径自闭门不纳，赵升只好露宿门外。

第二天早上开门看时，只见赵升恭恭敬敬站在门前，声言要求见师长。诸弟子都说："你不知道我师父这人最是吝啬，我等服侍他几十年，尚未得到丝毫秘诀传授，你来求他又有何益呢？"赵升说："传或不传，但凭师长。我赵某远来，只求一见，慰我平生仰慕就行了。"诸弟子又说："要见也由你；只是师父实在出游去了，哪知道他什么时候才回来。你不要在这里痴等，有误你的前程。”赵升说：“我这回来，实在出于至诚。若是真人十天不回来，我愿等十天；百天不回来，愿等百天。”

众人见赵升连住几天，并不转身，愈加厌恶，渐渐出言侮慢，以后竟当他作乞儿看待，甚至恶言辱骂。赵升全不计较，颜色愈加和悦。每天只在午前往村中买顿饭吃，吃罢仍回到山门等候。晚间众人不容进门，只好在阶前露宿。这样一连过了四十多天。

诸弟子私下议论说：“虽然还没有把这家伙打发走，且喜瞒过师父，许久还不知觉。”正说时，只见师父已在法堂上鸣钟集众，用洪亮的声音宣告道：“赵家弟子来此四十多天，受辱已足够了，今天可召他进来相见。”众弟子大惊，才晓得师父有未卜先知的本领。王长受师命去唤赵升，赵升一见真人，涕泣交下，连连叩头，求为弟子。这时张道陵已经知道他真心求道，初试及格，但还得再试几番。

二试美女挑诱

过了几天，差他去田舍中看守黍苗。赵升奉命，来到田边，这里只有小小茅屋一间，四周全无倚傍，野兽往来极多，赵升早晚驱逐，毫不懈怠。一天晚上，月明如昼，赵升独坐茅屋中，忽见一个美貌女子，走进屋来，自说是西村农家之女，随着伴侣出来玩月，中途失伴，迷路至此，两脚走得疼痛，要求寄宿一宵。赵升正待推阻，女子已经到他床上睡下，口里娇啼宛转，只说是脚痛。赵升认为是真情，没奈何，只得容她睡了。自己另铺些乱草，和衣倒地，睡了一夜。第二天女子又推脚痛不肯走，并且撒娇撒痴，要茶要饭，赵升只得管顾她。到晚上那女子还说些疯话，百般引诱赵升。赵升心如铁石，连茅屋也不进了，只在田塍边露坐到天明。第三天早晨赵升去门前一看，女子已不见了，虽然感到有些蹊跷，毕竟放心下来，仍旧照常干活。张道陵在丹房心里暗想：这汉子第二试又算通过了。

三试窖金、四试猛虎

光阴荏苒，春去秋来，赵升奉命担了樵斧，去后山砍柴。偶然砍倒一株枯松，去的力大，呼喇一声，松根迸起。赵升将双手拔起松根看时，下面露出黄灿灿一窖金子。忽听空中有人叫道："天赐赵升！"赵升心想："我出家之人，要这金子何用？况且无功，岂可贪天之赐？"便用山土将金子淹没了。

赵升收拾了柴担，觉得身子困倦，便倚石而坐，少憩片时。忽然狂风大作，山坳里跳出三只黄斑老虎。赵升面无惧色，安坐不动。三只老虎围簇着赵升，咬他的衣服，只不伤身。赵升向老虎说："我赵升平生不做昧心的事，如今弃家学道，不远千里，来寻明师，求长生不死之路。如果前世欠你宿债，今生当供你啖嚼，不敢畏避；如其不然，便可速去，休在此蒿恼人。"三虎闻言，都弭耳低头而去。赵升心想："这必然是山神派遣来考验我的，死生有命，我又怕什么呢！"当天将所砍柴一担挑了回去，也不向同辈说起见金逢虎的事。

张道陵心想，第三、四次考试又被他通过了。

五试绢值

一天，道陵吩咐赵升去市上买绢十匹。赵升买绢付钱已毕，取绢返回。行至中途，被绢主从后面追上，诬他尚未给钱，要他还绢。赵升心平气和，也不争辩。本想将绢还他了事，又念绢是师父所需之物，如还了他，如何回复师父。便脱下貂裘与绢主，抵他绢价，绢主还嫌少，又把棉袄脱下来给他，绢主这才去了。赵升回来，将所买绢献给师父，师父问道："你身上的衣服，哪里去了？"赵升回答道："偶然病热，不曾穿上。"师父将自己的一件布袍赐给赵升，赵升欣然接受了。师父暗中点头叹道："不吝己财，不谈人过，真是难得啊！第五次考试，又被赵升通过了。"

六试垢秽乞人

又一天，赵升和同辈在田间收谷，忽见路旁有人叩头乞食。那人衣裳破敝，面目尘垢，身体疮脓，臭秽可憎，两足皆烂，不能行走。同辈人人掩鼻，叱喝他去。独赵升心怀不忍，扶他坐在茅屋里面，问他的疾苦，并将自己的饭食省下来给他吃，又烧了桶热汤，替他洗涤臭秽。那人又说身上寒冷，想要件衣服。赵升便解开布袍，卸下里衣一件，给他御寒。晚上念他孤身无倚，又亲自与他做伴。到夜半，那人呼唤要解手，赵升闻呼，慌忙起身扶他解手，又扶进来。白天又省饭食供养他，夜间仍用心照管。如此十多天，全无倦怠。那人将息渐好，忽然不辞而去，赵升也觉着是理之当然，毫无怨心。他不知道这又是师父幻化出来考试他的。师父暗中点头说："赵升的第六试又通过了。"

七试悬崖摘桃

时值初夏，师父一天会集诸弟子，同登云台山天柱峰绝顶。那天柱峰在云台山左边，三面悬绝，其状如城。师父引弟子去峰顶往下看，见一棵桃树，傍生在石壁上，恰像人伸出一条手臂似的，下面临着不测的深渊。桃树上结了许多桃子，鲜红可爱。师父正色向诸弟子说：

“若是有人能摘得这些桃子，我便告诉他玄机道妙。”

那时诸弟子除王长、赵升而外，共计一百九十九人，都临崖窥视，无不股战汗流，连脚也站不住。略看一看，便即退步，唯恐坠下。只有一人，从众人中挺然而出，这人不是别人，正是赵升。赵升对着大家说：

“师父命我等取桃，必是这桃有可得之理；况且圣师在此，鬼神呵护，哪能教我等死在深谷之中呢。”

于是看准了桃树所在，纵身往下一跳。有这等奇异的事：那一跳竟不偏不歪，不上不下，两腿分开，刚刚横跨在桃树上。赵升忙将身旁的桃子，恣意采摘。可是仰头一看，见石壁上面，悬绝二三丈，四旁又无攀缘，无从爬上。只得将所摘的桃子，向上掷去，师父在上面，一一用手接住。掷了又摘，摘了又掷，下边掷，上边接，把一树桃子，摘个干净。共是二百零二颗，师父自吃一颗，王长吃了一颗，留下一颗给赵升，剩下一百九十九颗，全分派给诸弟子，每人一颗，一颗不多，一颗不少。

师父问诸弟子：“谁有本事，能引得赵升上来？”诸弟子面面相觑，无人敢应。

师父自临崖上，伸出一只手臂，接引赵升。那手臂忽然长到二三丈，直到赵升身旁，赵升便随着师父手臂的援引，登上了崖。众弟子莫不吃惊。

师父将所留桃与赵升食毕，笑而言道：

“赵升心正，能投树上，脚不蹉跌。我也想跳下去试试，若是我的心正，定能得到个大桃。”

众弟子都劝谏道：“吾师虽然广有道法，哪能在这不测的高崖上轻易尝试？方才赵升幸赖吾师接引，若是吾师坠下，又有何人来接引吾师呢？这是千万不可的呀。”有几个人就去牵挽着衣裾苦劝。只有王长、赵升默然无言。师父不听众人的劝告，陡然从崖上跃下。众人急看桃树上，并无师父的踪影；再看下面，茫茫无底，又无道路可通，眼见得师父已坠在深谷，不知死活存亡。诸弟子人人惊叹，个个悲泣。

只有赵升、王长二人彼此商量道：

“师父师父，师也就是父；师父既然跳下了这不测的高崖，我们做弟子的，又将何以自安呢？不如大家一齐跳下去，看看师父的下落究竟怎样。”

于是二人各奋身从崖上跳下，如凌虚御风、飘飘忽忽，不知经过多少时间，匍然坠地，一看，恰巧正落在师父的面前。只见师父正端然坐在崖畔一张局脚床的斗帐中，见升、长二人坠下，大笑道：

“我早就知道你们两个是会来的啊！王长跟随我这么多年，今天算是你的功行圆满了；赵升呢，我对你的七次考试，如今也算是全部合格了。”

道陵师徒白日升天

于是真个把道法的精妙尽心地一一传授给了二人。三天以后，他们回到了原来的居地。正准备要散伙、扰攘纷纭的诸弟子，见了安然返回的他们，一个个都惊异愧悔至极。又过了一些日子，一天中午，张道陵和王长、赵升道行圆满，果然在庭院中，就这么衣袂飘举，白日升天而去。还没有散走的诸弟子，都仰头望着他们，只见师徒三人愈升愈高，愈高愈小，终于像几个黑点般地隐没在云霄中去了。

贰拾玖 白螺天女

白螺天女的神话故事，东晋时代开始有了记录，到了唐代，就发展演变得更加完备了。它的内容和董永与七仙女的故事有些相似：主题都是天女下凡来帮助一个孤苦贫穷而善良的青年，任务完成后，就自行离去。不过前者似乎更富人间情趣，演变到后来，和某些民间传说的因子相结合，因而更加富有这方面的色彩。现在就根据这个故事的最后一个记录，略用前面的记录作为补充，简单叙写如下——

泉源的护理者

许多年前，在常州义兴县，有一个鳏夫名叫吴堪，年纪三十岁左右，幼丧父母，也无兄弟亲属，在县衙里做一个佐杂小吏，性情温和恭顺，从不与人斗口生事。他家门前有一条小溪，绿杨掩映，风景秀丽。吴堪办完公事回来，总要在溪边漫步赏玩，流连忘返。他还自编了一段篱笆，拦护在溪头，不使上流的污物进溪中。即使偶然有点花叶树梗坠入，他都要亲自用竹竿缚住笊篱，将它们打捞出来，倒在岸旁。溪水经他这样精心护理，越发清澈明莹，和水中的白石细鱼互相衬映，更是觉得可爱。他独自一人生活，傍晚回家，还要亲自烧饭做菜。有时因观景耽误了做饭的时间，就干脆烧壶开水，把昨天的剩饭煮煮吃了，再吃点咸豉泡菜，便草草了此一餐。

螺女执炊

一天吴堪从县衙回来，经过溪边，偶然在水草丛中发现一只大白螺，觉得稀奇，便把它拾取回来，投放在水缸里畜养着。这样养了十多天。又一天傍晚当他回来时，行近家门不远，就觉得自家屋里，仿佛有汤火炊烟。开门一看，见桌上饭食已整整齐齐安排好了。只以为是邻家老妈妈怜他孤苦，代他炊爨，便懵懵懂懂地把饭吃了。一连四五天都是这样，不觉也有了些疑心。他就跑到邻家去向老妈妈道谢。老妈妈诧异地说：

“你谢我做什么？我还以为你娶了新娘子呢。每天早晨你去县衙后，便见一个十八九岁的俊俏姑娘，穿一身白色时新衣服，在屋里屋外忙个不停。你的饭食当然就是她备办的了，你怎么倒来谢我呢？”

吴堪听了，怔了一怔，有点怀疑是白螺所为，便向老妈妈说了近日来所遇的异事，又说：

“明天我还是说到县上去，想借妈妈家的门缝觑看一下，好吗？”

“怎么不好，”老妈妈说，“就让你去看个明白吧。”

第二天吴堪按预定计划假装去县上，却来到老妈妈家门后觑看，果见有青年女子出来，一身洁白的鲜衣，一副俊美的容颜，忙碌了一会，仍走进屋子去了。吴堪喜不自胜，忙悄悄掩入自家厨房，径去水缸旁边一看，见缸底白螺仍在，但浸在水中的已是空壳。吴堪忙用盖将水缸盖上，并且笑嘻嘻地坐在上面。

姑娘从屋子走进厨房，见了吴堪这番举动，样子似乎有些惶急，用手搓着围裙，连脸都红了。最后只得说：

“你这是干什么呢？——你知道吗，我本是天庭中的白水素女，天帝念你知道爱护源泉，尽心职守，又怜悯你孤独无依，所以特遣我来替你守屋子，烧茶做饭。如今你不让我回去，难道就不怕我给你惹祸殃吗？”

“有了你我欢喜都来不及，还怕什么惹祸殃呢。”吴堪真诚而又高兴地说。

他们于是成了夫妻，过着美满幸福的生活。吴堪去县公干，早出晚归；螺女每天在家料理家事，习以为常。

县官苛索

那时本县县官为人贪鄙，心术不正，兼好渔色。听人说吴堪得到一个美妻，便垂涎万分，想据为己有。一天早衙方罢，县官沉着脸对吴堪说：

“老早就知道你熟悉衙门的事，是个干练的人才。如今要你去寻找虾蟆毛和鬼臂两样东西，限你晚衙时务必缴纳，若是没有，那可就对你不起了！”

吴堪不敢说个“不”字，只好答应下来，却是闷闷不乐，走出县衙，脸色灰白。心想世间哪会有这两样奇怪的东西，又向哪里去寻找呢？只得回到家中，将满腔心事向自己的妻子诉说。说完又长叹一声道：

“看来今天晚上我的性命难保了！”

妻子听了笑笑说：

“假如你忧的是别的东西，我倒不敢替你想办法；若是这两样东西嘛，马上就能办到。”

吴堪听妻子这么说，脸上的愁容稍解。妻子又说：“我出去一会儿，立刻回来。”说着她便走出去，瞬间即回，带回两样东西给吴堪。吴堪拿去在晚衙前缴纳给县官。县官看了两样东西，没话好说，只得皱着眉头微笑说：“你且退下。”

祸斗粪火烧县衙

吴堪回家后，县官贼心不死，还想谋害吴堪。一天又把吴堪召来，向他说：

“我如今要祸斗一只，你赶快去替我找来，若是办不到，你的大祸就要临头了。”

吴堪只得诺诺连声，飞奔回家，告诉他的妻子。妻子说：“这东西并不难嘛，我家有的是。”

说着，就走进屋子去，过了一会儿，牵了一只形状像狗，大小也像狗的兽出来，古里古怪的，用绳子拴着，交付给吴堪，说：

“这就是县太爷要的祸斗。”

吴堪看着怪兽，迟疑地说：

“这家伙究竟有什么本领呢？”

“能够吃火，并且还能拉火。”妻子说。

吴堪就把这只兽牵去见县官。县官见了，很不高兴地说：

“我要的是祸斗，你却牵了一只狗来蒙混我。”

“这就是祸斗呀，老爷。”吴堪说。

“你说它是祸斗，它有什么本领？”

“它能够吃火，又能够拉火。”

“好吧，”县官说，“那我们就来试试。”

于是叫人抬来了一篓子木炭，在火盆里烧得通红，那被称为祸斗的兽便不待呼唤，直向烧红的木炭奔去，像嚼甘蔗似的，把一盆红木炭津津有味地嚼着，但见它嘴角边滋滋地冒着青烟，不多时候就把盆里的红炭条嚼吃得精光。一边嚼吃一边从屁股后面拉出火粪来。它腆着肚子在大堂上绕着圈子小跑，成块结团的火粪滴滴答答地不断地撒拉出来，弄得满地都是，带着难闻的臭味和小股小股的黄烟。

县官见了，捂着鼻子发怒道：

“要这些东西来干什么？还不快给我弄掉！”

一个衙役，刚拿起把铲子去铲火粪，一接触到它，火焰陡然爆发起来，把大堂映得通红，接着是门窗、墙壁、屋宇，都着了火，火苗还像旋风样地，奔窜出去，奔到街头巷尾，顷刻间烟焰四舍，直弥漫到城门。狗县官本人和他的一家人在这场大火中都化作了灰烬，还殃及许多无辜的人民。吴堪和他的妻子家住在城外，大火后也消失了踪影。这座县城据说后来就往西迁移了好几里，就是如今江苏省的宜兴县。

叁拾 张大帝与张龙公

后世有些神话被学者们称为“拟神话”。拟神话就是根据古代神话的格局而创作出的新的神话故事，本节所说的张大帝与张龙公的神话就是显明的例子。前者模拟大禹治水化熊开山，后者模拟李冰斗蛟。但它们却取得了群众的认可，群众给神话的主人立了庙祀，于是神话就久传不衰，成为新神话了。现在就将这两段神话简单在这里介绍一下。先说张大帝神话——

祠山张大帝

张大帝本来的名字叫张渤，是前汉时候吴兴郡乌程县的人，他诞生的来历很不平凡。据说他的爹武当人张秉曾经在山中遇到一位仙女，仙女向张秉说：“天帝考察你今后的功业是在吴地，所以命我来和你相配，生的儿子就会用木德来主宰那个地方。”仙女于是和张秉交合，约他过一年再在原地见面。到了预定时期，仙女果然来了，怀里还抱了一个刚生不久的小孩儿，就是我们现在要讲的张渤。仙女把孩子交给张秉，郑重叮嘱他说："好生照看这孩子，将来世世相承，血食吴楚，就全靠这根苗了。"

张渤诞生既然这么不平凡，他本身就具有相当的神性；或者他还跟从什么地方的名师学过道法，那他就更是神通广大、法力高强了。他少年时看见从广德到长兴这一段的河流淤塞不通，常常造成洪水灾害，使人民受苦，就立定志愿，要疏通这一带的河流。

他先从他的出生地长兴县顺灵乡动手，役使了好几万阴兵，开山凿石，导河通流，想从长兴县一直到达广德县，所以长兴、荆溪一带地方，都留下了他的足迹。

开河到了广德县，工程更紧张了。他就和他的夫人李氏私下商议：在某处设置一个鼓坛，如果饭食送到了，只要鸣鼓三声，他就自会前来就餐，无烦夫人送到工地去。夫人欣然承诺。

哪知事有凑巧：某次夫人偶然遗落了几颗饭屑在鼓上，被乌鸦啄食，响了几声，张渤以为吃饭的时间到了，就赶到鼓坛去，才知道并无其事，而是被乌鸦弄了个误会。

张渤转去后，夫人送饭赶到，鸣鼓三声。张渤肚子虽然已经饿了，却疑心又是乌鸦作怪，忍着肚饥未予理睬。夫人久等张渤不来，只好把饭径送到工地去。

夫人到了开河处，只见张渤正变形作一头大猪，驱役着无数阴兵，在那里伐木运石，凿山排渎；那头黑毛大猪也正用它的巨爪利喙在那里奋力地拱呀掘的，弄得浑身是泥，奇丑无比。张渤见夫人送饭来，要想变还原形已是来不及了，只得一溜烟地遁逃开去，直逃到广德县城西五里的横山顶上。从此他就耻于和夫人再相见，而河渎的工程也就停顿下来了。好在工程已临近尾声，人们终于秉承他的夙愿将它完成。为了纪念他开河通渎的功德，后人就在山的西南角上为他修建了一座庙，立像祭祀他，号称“祠山神张大帝”。他的夫人李氏，也跑到县东二里地方，忽然化去不见。后人也给她立了一座庙。

张大帝的神庙，据说从汉代直到清代，香火都很盛，不论是水旱疫厉，只要向神祈祷，无不灵应。而且还有种种习俗方面的趣闻传留下来，例如因为大帝曾化形为猪，人们就不敢直呼猪为猪，而以“乌羊”的雅号代之。祭祀大帝自然更不敢用猪肉做祭品了，只得用狗肉代之。相传大帝是二月初八降生的，正值春阴多寒，狗肉冻得硬邦邦的，因而在群众中又有“大帝吃冻狗肉”之谚。大帝生日期间，或遇风雨夹雪，人们又说这是大帝的两个女儿风山女、雪山女前来给爹爹贺生的缘故。另外一种解释却是：大帝请小姨在他生日期间来饮酒，特地在生日前一天多刮风，后一天多下雨，故意弄得风风雨雨，意思是要看看小姨裙下的脚，这玩笑开得就太过分，近于渎神了。不过从总的来看，这位民间神祇和人民群众的关系是很好的，所以他的祠祀和神话传说能够历经千数百年而嬗延不衰。

再说关于张龙公的神话——

龙穴山张龙公

六安州有一座龙穴山，上面有一所张龙公祠，祠里供奉着张龙公的神像：神像庄穆，面白有须，着战袍，袒一右臂，臂上鳞甲隐起，手执利剑。这张龙公是怎样的一个人物呢？原来有这么一段神话故事——

张龙公原名张路斯，是颍上的人，曾经以明经科登进士第，唐中宗景龙年间做宣城县的县令。夫人关州石氏，生了九个儿子。后来他被罢了官，从宣城回到故里，闲暇无事，常在焦氏台静僻阴凉处执竿垂钓。

一天，他正像以往一样在绿杨岸边悠闲地钓鱼，忽然一种奇异的景象呈现在他眼前：他看见他垂钓的水潭里仿佛有宫室楼殿的光景，是那样的宏丽壮观，愈来愈清晰，而且愈来愈吸引人。他就情不自禁地放下手里的钓竿，向着水潭里的宫殿直走下去。说也奇怪，他竟毫无阻碍，衣服似乎也不沾湿，就进入了殿中。他在宫殿里徜徉游玩了半天，才回到家里。

从此以后，他改变了他的生活习惯，他总是一到晚上就离家出去，直到天色微明才回家来，回来的时候常常是身体寒冷而且潮湿。

夫人石氏感到惊异，问他是什么原因。

张路斯说："你还不知道，我是一条龙啊；蓼人郑祥远也是一条龙，却骑了一头白牛来霸占住我的水潭，把它叫作'郑公池'。这些天来我正在和这个家伙打仗，战斗得很苦，还没有取得最后胜利。"

夫人听了这番稀奇古怪的话，吓得不敢做声。

又一天张路斯回到家来，召集齐九个儿子，向他们说：

"明天就是我和郑祥远决胜负的一天了。你们都得好好帮助我一下。明天水潭里将有一场激烈的龙战。你们都各带弓箭在岸边等候着。那鬣毛上系着青绢的龙，就是郑祥远；系着绛绢的，那就是我。你们只对准那系青绢的龙用力射！"

第二天，九个儿子果然站在潭边齐射系青绢的龙，这龙受了很重的创伤，愤怒地逃窜到合肥的西山，最后在那里死去了，就是后来的龙穴山。张路斯追郑祥远，也是不遗余力，所过之地，都变成了溪谷，一直到达淮水以北，方才罢休。九个儿子后来也都一齐化作了龙。“张龙公”的名号就是这么来的。

叁拾壹 鲁班造桥

鲁班，谁都知道是能工巧匠的别名，关于他的神话传说，先秦时代的书籍中，就有了一些影子。有人认为和墨子同时代的公输般，就是鲁班，所以鲁班又写作鲁般；公输般是鲁国人，所以鲁班或鲁般才冠以国名的称号。这些都用不着去管它了，现在只把历代有关他的零碎记载汇集起来大略叙写如下——

鲁班创制琐闻

关于鲁班最有名的一个传说，是说他擅长制造木鸢，这木鸢飞上天空，便能一直回旋往复地飞翔，三天三夜都不下来。有一次和宋国作战，他还亲自坐上了木鸢，去窥探宋国京城战备的虚实。

联系到这类自动化木制机械的传说，又还有另外一个带嘲讽意味的传说。说他曾替他的母亲制造了一辆木头车子，驾车的是两匹木马，赶车的是一个木人，这一切都具备活动的灵巧机关。诸事停妥了，鲁班的母亲坐上车去，赶车的木人扬起鞭子，两匹木马迅速地奔跑，车轮子飞快地旋转，载着这位老太太，一直向前跑去。其结果呢，是跑得无影无踪，一去就永远再也没有回来。所以民间流行有两句谚语说："鲁班巧，巧得连母亲都丢掉了！"原来这位大工艺家由于偶然的疏忽，只想到怎样使机关运动，却没有想到怎样停止机关的运动，因而才造成这种悲喜剧场景的出现。

鲁班的创造发明很多，石磨据说就是鲁班创造发明的，门上安门环的铺首据说也是鲁班创造发明的。关于后者，还有这么个传说故事——

一天，鲁班在河岸边行走，正考虑怎样在门上安门环，门环上上锁，用来防止小偷偷窃的问题。无意中看见一个大螺蛳，浮在岸边的水草间。鲁班觉得稀奇，便向螺蛳说：

"打开你的匣子，现出你的形象来！"

螺蛳一听这话，果然从螺壳里探出头来。鲁班一见，忙用脚在地上画了它的形象。正画时，螺蛳觉察到了，突然将头缩回去，关上螺壳的门，从此深深躲藏着，再也不把门打开。鲁班从这景象中，悟出了门户上装铺首，再在铺首上安门环的道理，便把铺首刻铸作螺蛳的形状，使屋子里藏放的东西，能像螺蛳躲在螺壳里那样的稳固。

和这个故事的情节相类似，又有鲁班画忖留神图像的传说。据说渭水桥下住着一个忖留神，鲁班叫这神出水来见他一面。神在水里说："我的形貌丑恶，你最会画像，不敢出来见你。"鲁班向水面拱了拱手说："不要怕，伸出你的头来！"忖留神不得已，只好从水里伸出个狰狞可怕的大头来。鲁班看见，悄悄用足尖把这副怪相画在岸边地上。忖留神觉察到了，赶快把头缩进水去，从此再不出来。后来的人便根据鲁班的画像，雕刻了一座石雕半身忖留神像，放在桥下水中。三国时候曹操骑马过渭桥，马见了神像，猛吃一惊，几乎把曹操颠下马来。曹操讨厌这怪物，命人把神像推下水去，后来便不知下落了。

关于鲁班的创造发明，六朝时期文人的著述里，还有一些记叙。说是在浔阳江的七里洲中，有一只用木兰树雕刻的精巧的船，就是鲁班制作的。又说天姥山的南峰，有一只鲁班用木头雕的白鹤，从鲁国飞来，一飞就是七百里，飞来停在山的西峰。后来汉武帝派人来取木鹤，木鹤才又从西峰飞到更险峻的南峰。每当天要下雨的时候，峰上的木鹤便展开两翅，摇摇欲动，好像马上就要奋飞上天的光景。又说，鲁班曾经刻石作《禹贡九州岛图》在洛城石室山上。又说，在东北海崖边的石头上，有一只石头雕的大乌龟，相传就是鲁班制作的。这乌龟每到夏天，就会自动地走进海里；到了冬天，却发现它仍然停留在山上。所以晋代诗人陆机的诗说“石龟尚怀海，我宁亡（无）故乡”指的就是这事。

鲁班故事中最奇异的，无过于下面所说的这样一个故事了。这里他被写作鲁般。

敦煌鲁般

故事说，鲁般是肃州敦煌人，不知道生长在什么时代，他的手艺巧妙，真可谓是巧夺天工。曾经在凉州替一所寺院修造佛塔，工余之暇，又替自己制作了一只木鸢。木鸢上装置了活动的机关，只要用楔子把机关敲上这么三下，就能载上人，直向天空飞去，飞到相当远的程度。鲁般常坐了木鸢回家去探望妻子，不久妻子就怀了孕。父母看见媳妇肚子大了，追问原因，媳妇只得害臊地把事情的真相说明。出于好奇，鲁般的父亲便在鲁般回家的时候，暗中侦伺着，得到了木鸢，试坐上去，拿楔子连敲十来下，木鸢猛地飞起来，直向东南飞去，一飞就是几千里。它一直飞到吴会——现在江苏省吴县，这才落下地来。吴会的人看见从天上飞下一个乘坐木鸢的老汉，以为是妖怪，就把他捉住杀了。鲁般在敦煌另外做了一只木鸢，乘上它飞去寻觅父亲。终于在东南吴会寻到了父亲的尸首，就用木鸢载了父亲的尸首回去。鲁般怨恨吴会的人杀了他的父亲，便在肃州城南做了一个木仙人，伸手指向东南。于是吴会地方接连大旱三年，祈雨老是祈祷不下来。人们找巫师占卜，巫师指示说是得罪了鲁般。人们没有法子，只得备办了千金厚礼，到敦煌去送给鲁般，再三向他表示歉意。看在人们的情意和礼物的份上，鲁般这才砍断木仙人指向东南方的那只手。就在当天，吴会果然下了一场几年来从没见过的大雨。

一切有关鲁班的神话传说中，最著名的一个，也是大家最感兴趣、传述不衰的一个，乃是他和他的妹妹鲁姜比巧，修造赵州桥的故事。

鲁班兄妹竞技

赵州桥又叫安济桥，在现在河北省赵县城南约五里的地方，横跨在洨河的两岸，它原是隋代大建筑家李春所建，距今已有一千三百多年了。可是民间相传，却把修桥的功绩，归之于他们一向熟知并且崇奉的鲁班，说是鲁班为了和他的妹妹鲁姜比赛技艺，在一夜之间修造成功的。鲁班修造城南的大石桥，鲁姜修造城西的小石桥，相约从初更到鸡鸣，便须将桥修好。半夜刚过，鲁姜的桥已经修好，急忙赶到城南去侦察她哥哥修桥的动静，只见她哥哥正驱赶着一大群绵羊迎面走来，仔细一看，原来都是洁白细润的石头。鲁姜自知她造的桥一定比不上哥哥造的，忙又回去对自己已经造成的桥再作艺术加工。她用了鬼斧神工的本领，在桥栏杆上精雕细琢，雕成“牛郎织女”“丹凤朝阳”等图案，还未到天明就都雕刻成功了。她便和哥哥开玩笑，学公鸡叫，惹得四野的公鸡都叫了起来。鲁班还差两块石头没安下，听见鸡叫，急急忙忙把石头安上，鸡叫刚毕，桥也就全部造成功了。

赵州桥上的仙迹

赵州石桥造成，大桥的结实和结构的奇巧轰动了远近，连八洞神仙都有耳闻。张果老骑着驴，偕同推独轮车的柴王前来观光，驴背褡裢里装有太阳和月亮，车上载着四大名山。驴和车走上了桥，桥身就连连摇晃起来，眼看便要坍塌。鲁班一急，赶忙跳到水中，用双手托定拱腹，紧紧向上撑，这才把桥保住。桥基、桥身经过这么一压，不但没有损坏，反而更牢固了。至今桥面上据说还留下七八个张果老毛驴的蹄迹、一道柴王爷的车辙，和拱腹上鲁班的两只大手印。

叁拾贰 钟馗捉鬼

钟馗捉鬼神话，始见于宋朝沈括《补笔谈》所引吴道子画钟馗的唐人题记。但沈括在引文后面已辨明这段神话不足信，钟馗当是“终葵”的讹传，而“终葵”呢，则是“椎”的合音。椎以击邪，所以世传钟馗能够捉鬼。民间信仰深厚了，钟馗神话也就巩固了。不但巩固，而且后来还衍生出钟馗嫁妹的故事，我们只好一概将它们作为新神话看待。现在就把这些简单叙写如下——

钟馗捉鬼

唐朝开元年间，唐明皇在骊山操练军队，天寒岁暮，车驾返还宫中。明皇忽然觉得身体不适，一会儿冷一会儿热，明显是疟疾缠上了身。这样经过了一个多月，不论是医生也好，巫师也罢，殚精竭虑，都没有能够解除皇帝病患的。

一天晚上，睡在寝殿里的明皇，在热昏的恍惚中，仿佛看见一个小鬼，穿绛色短衣，着犊鼻裤，一只脚穿草鞋，一只脚打光脚板，另一只草鞋挂在腰间，胸前插一把大竹纸扇，盗窃了明皇爱妃杨太真的紫香囊和明皇本人平时常吹的玉笛，绕着寝殿，一颠一顿地狂喜奔走。

明皇生了气，就坐直起身子来，叱问那小鬼："你是何人？敢在此如此无礼！"小鬼紧紧抱住他所盗窃的两件物什，伸出他那细瘦的颈脖子，半跳半走地答道："我的名字叫虚耗，知道吗，虚耗……嘻嘻……"

"什么虚耗？从来没有听说过……"

"让我解释给您听，"小鬼站住说，"虚就是在虚空中盗窃人的财物如同儿戏，耗就是将人家的喜事耗搅成忧……"

小鬼的话还没有说完，唐明皇已经遏制不住怒气勃发了，正想呼喊武士来擒治这家伙，忽然又看见一个大鬼，不知从哪里钻了出来，黑脸膛，络腮胡，头戴破帽，身穿蓝袍，足蹬朝靴，一条胳膊袒露出来，手执利剑，笔直走上前去，捉住那小鬼，先用指头剜去他的眼睛，再用剑将他劈作几块，然后抓了尸体碎块不客气地大嚼起来。顷刻间那调皮捣蛋的小鬼就消逝得杳无踪影。大鬼吞嚼已毕，从容拭剑理须。

发生在俄顷间的这一切事，明皇都历历目睹了，不觉惊问："你是什么人？"

大鬼跪地奏道：

"臣是终南山的进士钟馗。因武德年间上京应试不捷，羞还故里，触殿阶而死。那时蒙主上圣恩，赐绿袍葬臣。从此臣就感恩发誓，要为我王除尽天下虚耗妖孽之事。方才陛下所见，就是这等事情了。"

大鬼的话说完，明皇的梦也醒了。一想钟馗所说"武德年间"应试的话，那是高祖李渊时代的事了，离现在不觉已是一百多年，想不到还有这样的鬼灵显应。小鬼既除，虚耗之事可以无忧，心情一舒畅，身体和精神的状况似乎也有了好转，连定期就要发作的疟疾也不再发作了。将养了几天，觉得体躯比前更加壮实，就召了画工吴道子来，告诉他那天晚上所做的梦，并且说："试为朕把那晚所见钟馗捉鬼的情景画出来看看。"

吴道子听了唐明皇一番叙述，凝神一想，仿佛亲睹。奉旨回去，马上展纸濡笔，照明皇所说，画了图呈献上去。明皇瞠目注看着吴道子所绘的钟馗图，久久不发一言。最后才抚着短须向他说：

"是不是你和朕同做了一个梦啊，为什么画得这样像呢？"

吴道子一听君王这样的褒奖，当然是满怀高兴，照例说了几句恭维话，便扬笏舞蹈，山呼万岁。明皇心喜，立命内侍捧出黄金百两，酬赏道子。并且马上做出批示，叫有司根据吴道子所绘图像，做出许多摹本，颁行天下，叫老百姓都认识此神，大家仿制起来，在岁暮年初，普遍张挂，用以祛邪魅，静妖氛。

这样，钟馗捉鬼的故事和图画就在民间流传开来了。

钟馗嫁妹

钟馗的图像有多种多样，画家但凭自己的想象和兴致，也不完全依照吴道子"捉鬼"的路数去画，例如元人有《钟馗出猎图》，明人有《寒林钟馗图》，近人有《钟馗饮酒图》等，都是别开生面，各有千秋。而清人的《钟馗嫁妹图》一幅中堂，画得气氛热烈，更堪玩赏。画中胖壮的钟馗骑马居后，鬼卒们驾车、执旗、掌灯、吹号在前，闹闹嚷嚷，在云烟雾霭里行走着，就很有意趣。这些显然已经离开了宗教信仰，进入文学的领域了。尤其是《钟馗嫁妹图》，更给原来简单的钟馗捉鬼神话，作了神话衍生的新的凭证。推本寻源，知道这也是逐渐萌芽生长起来的。原来在宋代除夕的夜晚，在宫廷和民间联合举办的大傩逐疫的队伍里，夹杂在土地、灶神等之间，就已经有了“钟馗小妹”这样一个有趣的角色。钟馗既然有“小妹”，“小妹”自然要出阁，所以“钟馗嫁妹”的神话故事也就顺势编造出来了。清人《天下乐》传奇中，就有“钟馗嫁妹”一出戏。讲的是钟馗落第触阶死后，他的好友杜平埋葬了他的尸骨，钟馗感于杜平埋骨之义，便在一天晚上率众小鬼将他的妹妹嫁送到杜家，以尽他作为朋友和亲人的责任。民间传说中，钟馗嫁妹的故事大约也就是这样，别无可以敷衍叙写的。现代昆剧、京剧、川剧、滇剧都有这个剧目，舞台上看来虽然鬼气森森，却是十分富有人情味的。

叁拾叁 柳毅传书

根据神话零片材料而由文人创作的神话故事，在后世起到很大影响，成为地方风物所附会、群众所崇信的对象的，著名的有唐代李朝威的《柳毅》和李公佐的《古岳渎经》（原题“李汤”）两篇文字。《古岳渎经》所塑无支祁形象，我们在“鲧禹治水”一节中已经将它融会进去介绍过了，现在便把《柳毅》篇中“柳毅传书”的神话故事大略叙写在下面——

泾河龙女牧羊

唐高宗仪凤年间，有个名叫柳毅的读书人，到长安应举落第，打算回他湘江老家。回去之前，先到客居在泾阳的一个同乡那里去告别。他骑着马沿着泾河小道缓缓行走，快到那地方还有六七里光景，突然田间一只大鸟飞起来，马受惊骇，奔跑到了岔道上，又疾奔六七里才停下来。

于是看见一个女郎在道旁牧羊。柳毅觉得奇怪，再仔细看看，才发现她是个绝色的美女。然而脸上带着愁容，襟袖也没有光彩，站在那里，凝目远眺，好像有所等待的模样。柳毅忍不住下马问道：

“敢问娘子，你有什么伤心事，为什么弄到这个模样呢？”

女郎开始哽咽逊谢，终于哭泣回答道：

“你不知道，我本是洞庭龙君的小女，父母将我嫁给泾河龙君的二公子，丈夫轻薄无义，又受奴仆蛊惑，一天天将我冷淡嫌弃。我向公婆诉说，公婆爱儿子，听不进去。稍微多说几回，又得罪了公婆，才弄到这种境地。”

说罢嘘唏流涕，悲不自胜。又说：

“洞庭离这里有多远啊！长天茫茫，音讯难通。听说你这次回南方去，要经过洞庭。想请你捎封信给家里，不知道可以吗？”

“我是个血性男子，”柳毅说，“听了你的话，惹得我气和血都浮动起来，恨我身上不生翅膀，不能马上奋飞天空，去替你办这事情，还说什么可不可以！但有一层：即使我到了那里，可是洞庭水深，我是尘世凡人，又怎能将书信送到你家呢？”

女郎收泪，向柳毅致谢说：

“既蒙允诺，让我告诉你个法子。洞庭湖边，有棵大橘树，当地人叫它作杜橘。到了那里，你可解下你的衣带，拴上一件东西，朝树身叩击三下，自然有出来承应你的人，你便跟着他去，就绝没有什么阻碍了。望你见了我家的人，除书信所写而外，还把我的心事多多向他们叙说，千万不要忘记。”

“请放心，一定照办。”柳毅说。

柳毅传书

女郎解开襟襦，取出一封书信来，再拜递到柳毅手中，仍不由自主地望着东方悲泣，柳毅也深受感动。柳毅一面将书信放进囊中，一面问道：

“我不知道你牧的这些羊有什么用？难道神也要靠屠宰为生吗？”

“你仔细看看，”女郎有点破涕为笑了，“它们是羊吗？——它们不是羊，它们是雨工啊！”

“什么叫‘雨工’？”柳毅茫然不解地问。

“雨工就是雷霆之类，”女郎说，“你再仔细看看它们的神情，不是有点不同寻常吗？”

柳毅一看，这些羊的大小毛角虽然和普通的羊无别，但那种昂头怒步、龁草饮水的神态，确实又和普通羊大不相同。站在羊群边的牧羊女郎，看来自然更是风神卓异了。

柳毅笑向她说：

“我替你当使者，将来你回到洞庭，见了人千万不要躲着走哟！”

“岂但不躲，”女郎也笑着说，“恐怕还要和你攀亲戚呢。”

说罢就和柳毅作别，引着羊群向东行去。柳毅上马还没有走得几十步，回头一望，女郎和羊在雾霭中一齐消失了踪影。

柳毅别过友人，途经月余，回到家乡。果然去到洞庭湖边，找到那棵大橘树，解下衣带，捡起一块石头拴上，向树身叩击三下。俄顷有一个雄赳赳的武夫从波浪中跃出，拱手向柳毅道：

“尊客到此，有何贵干？”

柳毅暂不将实情告诉他，只是说：

“没有别的，想拜见大王罢了。”

武夫揭开一条水路，引柳毅朝里面走去，嘱咐他闭上眼睛，说只需顷刻便可到达。柳毅如言跟他前去，果然不久便到了龙宫。只见台阁相向，千门万户，奇草珍木，无所不有。武夫将柳毅引导到一座叫“灵虚殿”的偏殿等候着，这里是白璧作柱，青玉砌阶，珊瑚架床，水精嵌帘，人间的珍宝似乎全汇聚在此间了。等了许久，还不见龙君出来。柳毅问武夫，武夫说正在玄珠阁和太阳道士讲大经。又等了一会儿，才见一个体躯硕伟、披紫衣、执青玉、王者装束的人从殿后走出，柳毅马上意识到：这定是洞庭龙君了。武夫赶紧上前禀告，引柳毅参拜龙君，龙君也还拜，命在旁边设座。宾主坐定，龙君才开口说道：

“水府幽深，寡人暗昧，先生不远千里而来，有什么事要见教呢？”

柳毅躬身答道：

“我柳毅，是大王的同乡，生长楚地，游学秦都，下第还家，偶过泾水岸旁，看见大王爱女，正在荒郊牧羊，风鬟雾鬓，凄楚已极。问起情由，才知道是被夫婿所厌，舅姑所虐，以致这般境地。她向我诉说时涕泪俱下，真是教人伤心。为此托我传递书信，我答应了她，就来到了这里。”

说毕取出书信进呈洞庭君，龙君读了，用袍袖掩面哭泣，说道：

“这全是我做老父的过错啊，我不能听取善言，只好成了聋子瞎子，使闺中弱质，远遭毒害。先生是陌路的人，却能急人之难，你的恩德，我何敢忘记！”

钱塘君怒吞无情郎

说毕，又哀叹许久，左右的人都流泪。有个太监模样的人走到龙君跟前，悄声向他说些什么，龙君将手里的书信递给他，叫他拿到宫里去。不久就传来了宫里的恸哭声。龙君不安地惊告左右：叫宫内尽量克制一些，别惊动钱塘君。

“钱塘君是什么人？”柳毅问。

“那是寡人的爱弟，”龙君说，“从前做过钱塘长，现在已经离任了。”

“为什么不让他知道？”

“不过是因为他刚勇过人罢了，”洞庭君说，“从前尧遭了九年洪水，都是因为他一怒所造成；近来又和禺强失和，把他管辖的五座神山给淹没了。为此天帝发怒，要惩办他。后来念在寡人历来对百姓还做过些好事，才将他宽恕，摘了他的官，把他锁在这里。如今钱塘求雨的人，还天天盼望他回去呢……”

话还没说完，只听得霹雳一声，好似天崩地裂，震得宫殿摇晃，云烟蒸腾。忽有一条身长千尺的红色巨龙，从云烟中飞出。它闪动着电光一样的眼睛，吐出火红的舌头，鳞甲和鬣毛都闪耀着红光。它的颈项上拴了一把金锁，锁链牵动着宫殿的玉柱，它愤怒地扭曲、挣扎着，使得身边迸发出千雷万霆，雪珠、冰雹和雨滴，也在它身子的周围哗哗地下个不停。忽然又是一声霹雳，它终于挣断锁链，劈破青天，向着高空飞了去。

柳毅从没有见过这样的场面，被震惊得扑倒在地。洞庭君亲自将他搀扶起来，安慰他说：“不要害怕，这就是钱塘君，他不会伤害你的。”

柳毅惊魂稍定，便想告辞回家。洞庭君又挽留他说："请稍休息一下看看，他去的时候是这个样子，回来的时候就不会再是这个样子了。"

于是命摆下酒宴，陪柳毅喝酒定神。不多一会儿，果然和风吹拂，彩云升起，云中现出玲珑的幢节和无数红妆的姑娘，她们的笑语声和优雅的丝竹乐曲声混杂在一起；后面又来了一个端庄美丽的年轻姑娘，蛾眉天然，明珰满身，绡縠参差。柳毅仔细一看，正是在泾河牧羊请他寄书的龙女，但脸上却显出似喜似悲的神情，眼角上仍挂着泪珠，被云烟香雾簇拥着，进入宫里去了。洞庭君也告辞进了宫去。不久便听见宫里传出怨叹的声音。一会儿，洞庭君陪同一个也是身穿紫袍、手执青玉的汉子从里面走出来，向柳毅介绍说：

"这就是我的兄弟钱塘君。"

两人施礼坐下。钱塘君说：

"我的侄女遭遇不幸，受了顽童的欺负，若非义士千里传达消息，她早已变作泾河滩上一堆黄泥土了。我不会讲客气话，但心里确实万分感激。"回头过来又向他哥哥说：

"哥哥，我辰时从这里动身，巳时已到泾阳，午时在那里打了一仗，未时就回来了。回家路上，我飞往九天，把事情本末禀告了天帝，天帝知道我们的冤情后，不但未谴责我，反而赦免了我先前的过失。现在我是自由之身啦！不过刚才我凭一时火性出走，没来得及辞行，搅乱了宫府，惊吓了贵宾，失礼过甚，望不要见怪。"

"你这一去，杀害多少？"洞庭君问。

"六十万生灵。"

"伤了庄稼吗？"

"淹了八百里地庄稼。"

“那个无情郎如今怎样？”

“我把他吞吃了。”

“唉，”洞庭君无可奈何地说道，“那坏小子存心不良，倒是死有余辜，不过这回你伤生太多，也未免过于鲁莽了。以后做事还得沉住点气才行啊。”

钱塘君点头称是。那天晚上，就把柳毅安置在凝光殿歇宿。第二天，洞庭君又在凝碧宫设宴表示感谢。宴会举行得十分隆重，亲朋满座，鼓乐齐鸣，美酒佳肴，摆满了几十张桌子。酒席之间，歌童舞女出来表演了两个乐舞：一个叫“钱塘破阵乐”，表现的是钱塘君作战的勇武果敢，旌旗剑戟，笳角鼙鼓，一时俱动；另一个叫“贵主还宫乐”，描写了龙女苦难的经历和还宫的欢悦，却是绮罗珠翠，清音婉转，别有韵味。两个乐曲都使得座客拍案叫绝。

席间，洞庭君送给柳毅一只碧玉箱，内装一段开水犀；钱塘君赠送一个红珀盘，内盛一块照夜玉。宫眷们也都纷纷馈送丝绸珠玉等物，赠品之多，几乎把柳毅掩埋起来。

钱塘君议婚受挫

第二天，又在清光阁设宴款待柳毅。钱塘君借酒遮住脸，俯身向柳毅说：

“我听说石头可裂不可卷，义士可杀不可辱，我有一句心里话要向你奉陈。如果你答应，咱们就富贵与共，同入云霄；要是不答应，咱们谁也别想活，一起化作粪土，怎么样？”

“请讲吧。”

“洞庭君的爱女本是一朵鲜花，不幸给泾阳那个小子糟蹋了，现在那小子已经除掉，我想把她的终身托付给你，使恩有所报，爱有所寄，岂不是两全其美。你答不答应？”

柳毅为人正直，一听这威逼的话，便冷冷地笑道：

“钱塘君，我真料不到你是这样的孱困。那天你挣断金锁，破云而去，我真佩服你的刚直果断。你身戴重罪，却不顾自身利害去救人急难，也确有男子汉大丈夫的气概。没想到正当亲朋欢娱、感情融洽的时候，你却在这里以势凌人，借酒耍威风。如果我在洪波恶浪中和你相遇，你奋须鼓鳞，兴云布雨，要逼我至死的话，我也不过把你当作一头张牙舞爪的猛兽看待罢了。如今你我衣冠楚楚，在这里坐谈礼义伦常，平等相待，关系超过了人世间的豪士俊杰。可是，你又借着酒劲来胁迫我。以我微弱的体躯，当然还不够藏在你的一片鳞甲当中，但我却敢以我这不屈服的心志，去战胜你那不正道的霸气。请你仔细想想！”

一番话说得钱塘君面愧心服，赶紧向柳毅道歉说：“原谅我从小生长在宫廷王府，难得听到正论，使惯了性子，今天不觉又唐突高明，请千万不要介意。”两人都是真情直性的人，话说明了，谁也不再计较什么。当天晚上，钱塘君与柳毅欢宴如初，反而因此成了知心朋友。

柳毅怀恋还家

第二天早晨，柳毅辞别洞庭君还家。洞庭君夫人设宴在潜景殿叙别，男女仆从都来与会。夫人在席上流泪表示感谢，又叫龙女前来相谢，龙女的眼睛也是泪汪汪的。夫人说：“这一别还有相见的日子吗？”娘儿俩的一片真情深深打动了柳毅，柳毅也感到依依难舍。他有点悔恨昨天酒席上拒绝了钱塘君的好意，可又说不出口，只好连连唉声叹气。宾主双方就在伤感的情绪中分别了。

柳毅载着龙宫馈赠的珍宝，从原路回去，很快到了岸边。护送他的武士把珍宝堆在大橘树下。柳毅就近雇了十几名役夫，把珍宝全挑回了家中。

十多天后，他来到广陵珠宝市上，将所获珠宝卖了不到百分之一，得到的银钱就成千累万，柳毅立刻成了当地的头号富翁。起初，他娶了一个姓张的夫人，张氏死后，他又娶了个姓韩的夫人。没过几个月，韩氏又死了，他便把家搬到金陵去居住。连丧两妻，因此他常为鳏旷的生涯感到寂寞。

龙女托身就婚柳毅

后来又有人来给他说媒，说的是一个姓卢的女子，是河北范阳人。卢氏女出身官绅门第，父亲卢浩信奉道教，常常出门云游四方，现在不知去向。母亲郑氏，前年把女儿嫁给清河张家，不幸丈夫早死，卢氏女年纪轻轻就守了寡。人们都说她又聪明，又美丽，郑氏总想找一个相当的人家婚配。柳毅觉得这个女子的境遇和自己大略相同，又是个好人家，就同意了。

没多久，双方选择了一个好日子，举行婚礼。因为两家都是当地豪富，所以排场十分讲究，使得金陵一带的老百姓都羡慕不已。

婚后一个多月，一天晚上，柳毅走进房间，在灯下看他的妻子，越看越觉得像龙女，所不同的是，卢氏女比龙女丰满一些，而且显得十分艳丽。谈论起来，柳毅忍不住把洞庭龙女的事向卢氏说了一番。卢氏听了，半信半疑地说："人世间竟有这样的事吗？"

一年多后，卢氏生了一个儿子，柳毅非常高兴，大会亲朋，为亲生的婴儿庆祝满月，热闹了整整一天。晚上，亲友们都走了，柳毅夫妻兴致还未尽，柳毅又向卢氏提起当年龙女的事。卢氏说："我就是洞庭龙女啊！"柳毅听了，怔了一怔，感到有点意外。卢氏接着说："不瞒你说，我就是龙女。先前为什么没有告诉你呢，因为怕你早把我忘记了。后来听见你一再提起以往的事，才知道你心里始终想念着我。自从那次你在水府拒亲分别后，一方面我钦佩你堂堂男子汉的正义行为，另一方面你也更加使我产生爱慕的感情，觉得只有你才是我终身能够托付的人。我想把心里的话告诉你，可是你我已经天各一方，隔断了音讯。后来听说你娶了张氏，张氏死后，你又娶了韩氏。等到韩氏亡故，你搬到长江边来住，我才算有了报答你的机会。我俩成亲，父母都高兴得很，我也算了却终身大事了。"

说着，龙女流下了眼泪，泪花中又闪出欣悦幸福的笑影。柳毅也是悲欣交集。两人紧紧偎依着，倾诉话不尽的衷肠，直到天明。

过了几天，夫妻二人一起前往洞庭水府，拜访了住在那里的丈人丈母和故旧亲朋。从此以后，柳毅和水府龙神成了亲密的一家人。

洞庭神君的鬼脸

后来柳毅和龙女搬到南海去住了四十年。他有一个叫薛嘏的表弟，在唐玄宗开元末年贬官，坐船过洞庭湖，曾经见到他和龙女。那时离柳毅传书已经过去六十多年了，薛嘏早已老态龙钟，可是柳毅却脸色红润，还是年轻时的模样。柳毅拉着薛嘏的手说："表弟，相别不久，怎么你的头发都白啦？”薛嘏苦笑说：“表兄是水府神仙，青春常在，我不过是凡夫俗子，怎能和你相比呢？”

传说柳毅后来接替了洞庭君的位置，成了洞庭湖湖神。不过，他是一个白面文弱书生，不能慑服湖里的水怪，洞庭君传位时交付给他一张鬼脸壳，叫他白天戴上，晚上摘掉。后来大约因为公事忙，一时忘摘，这张鬼脸便长在脸上摘不下来了。对着镜子柳毅自觉惭愧，生怕有人指点。所以据说航行在洞庭湖里的船，船上若是有人指指点点，他就怀疑是在指他。若是有人把手放在脑门上遮阳，他又怀疑是在偷看他，那时候，他就会兴风作浪，把船弄翻。人们在洞庭湖边为他盖起一座洞庭神君庙，庙里塑了青脸赤发、口吐獠牙的他的神像，神像一手遮额，一手指湖旁，随侍诸神的姿态也是这样。两桩禁忌的事都从神像本身的形姿表现出来，告诫人们不可轻犯。若是有意无意犯此二事，定会遭受风涛之险。——当年为龙女传书的柳毅，恐怕从来也没有想到他自身演变的结果竟会是这样啊！

叁拾肆 陈鸾凤

人和自然的斗争，古神话中显示的，有夸父追日、精卫填海、羿射九日、鲧禹治水等，但在这类神话里描写歌颂的英雄，本身已具有若干神性。而唐末文人裴铏《传奇·陈鸾凤》所写的却是一个普通凡民和雷公做斗争，凛然无畏，长人的志气，灭鬼神的威风，写得实在虎虎有生气，是征服自然神话在封建时期的再现。现在把它简单叙写如下——

陈鸾凤勇斗雷鬼

唐宪宗元和年间，有个名叫陈鸾凤的，是海康县的人。海康在现在的广东省，属于古代的雷州。陈鸾凤生来刚肠直性，仗义勇为，从来不怕鬼神，乡里的人都把他当作晋朝时候除三害的周处看待。

海康有座雷公庙，县里的人年年都要虔诚精洁地祭祀雷公，殊不知祷告祈求得过于殷勤了，有些妖异荒诞的事也就发生了。例如每年第一次打雷的那天，一定要好好地把那天干支相配的甲子记住，来年到了属于同一甲子的那天，就什么事都不能做，若是有人犯了这个禁忌，不须等到第二天晚上，便会被雷打死，效应就像山谷的回音那样快。

有一年海康大旱，县里人自然更是虔诚祭祀祷告雷公，可是大旱依然，一点灵应也没有。陈鸾凤气咻咻地跑到雷公庙，指着雷公的神像骂道："我们的家乡，原本就是雷的家乡，你做雷神，不想为百姓谋福，却好意思老着脸享受万民的祭祀。你不拿眼睛看看遍地庄稼都烤焦了，河沟池塘的水都干枯了，猪鸡牛羊也被你吃尽了，既是这样，还拿庙来干什么呢！"陈鸾凤骂着骂着，骂得气愤时，真个就去燃起一把火，把那庙火杂杂地焚烧起来。

那里的风俗，不能把黄鱼和猪肉两样东西混杂起来同吃，这是最犯雷神大忌的，据说若是混杂起来吃了，立刻便会遭雷劈而死。那天中午，陈鸾凤拿了一把竹炭刀，到田野里去，故意把雷公所忌的两样东西混杂起来吃了。果然没过多久，就见天上怪云陡生，恶风刮起，急骤的雨夹着霹雳震了下来。陈鸾凤拿刀往上挥去，这么奋力几挥几砍，就将云雨中雷公的左腿砍断，使他訇地坠落到地面上。看那样子既像熊又像猪，全身生毛，头上长角，青色的肉翅膀，手里握了一把短柄石斧，断腿处流血如注。登时云也散了，雨也收了，只剩受伤的雷公还在地面上挣扎。

陈鸾凤知道雷公没有多大神气，便得意洋洋地跑回家去，告诉家里的亲人说："我把雷公的腿砍断了，不信你们自己去看。"一家人听了都惊愕，一齐跑到田间去看，果然看见一个断腿的怪物正在血泊里挣扎。陈鸾凤拿起刀来又想去砍他的颈脖，并去撕咬他身上的皮肉，却被乡里的人阻拦住了。大家都说："雷公是天上的神灵，你是下界的凡人，如今你想害死雷公，准会教我们一乡都遭殃受祸。"于是有的捉他手臂，有的挽他衣裳，使陈鸾凤再想奋击，却没能办到。

雷火焚击不能伤

没过多久，天上又起了乌云，哗哗地下了大雨，又是电光闪闪，又是雷声隆隆，在雷雨的氤氲中，只见幢幢黑影，从天空降下，黑影裹着受伤的雷公，连带他那条断腿，升云而去。这场意外的雷雨，从午时直下到酉时，下了三四个时辰，田里所有干涸的苗稼都直立起来了。

可是一家人却抱怨陈鸾凤，认为他闯了大祸，老老小小都骂他，后来干脆把门关上，不许他回家。陈鸾凤弄得没办法，只得拿把刀一口气走了二十里，直走到他舅兄家去过夜。那天晚上，他又遭到雷击，天火下来把他住的那间屋子焚烧了。他干脆去站在院子的中央，仍拿刀向空中左砍右劈，知道厉害的雷鬼们，终于拿他无可奈何，丝毫不能伤害他。

不久有人将他杀伤雷公的事告诉了他的舅兄，舅兄害怕，又将他驱逐出去。他只好到和尚寺庙去藏身，雷又跟踪追去打击他，把寺庙也焚烧了一个角落。他知道除此而外便无容身之地了，就跑到大山乳穴的嵌空处去藏着，这下子雷拿他无计可施，实在震不着他了。他在岩穴里躲藏了三天三夜，然后才回家。

慷慨陈词答刺史

从此以后，海康那地方每有旱情，县里的人就自动醵了钱给陈鸾凤，叫他依前调了犯禁忌的两样东西来吃，然后照样拿刀等雷击，得到的结果总是大雨滂沱，而陈鸾凤却安然无恙。这样一直过了二十多年，世俗一般人都号称他为“雨师”。

到唐文宗大和年间，雷州刺史李绪知道了这件事，把他召到州里去，询问他关于此事的本末详细。陈鸾凤慨然说道：

“回想起少壮时候，我的心坚硬得像块铁石，鬼神雷电之类全没有放在我的眼里，我宁愿杀我一身，来解救万民的困苦，我想就是冥冥上苍知道了，又怎能让雷鬼来逞他的凶残呢！”

说完，就把他用了二十多年的竹炭刀呈献给李绪，李绪用丰厚的报酬赏赐了他，让他回家安度晚年去了。

叁拾伍 和合二仙与刘海戏蟾

由于名字离析错讹而传为神话的民间神话，比较显著的有两个：一个是“和合二仙”，另外一个是“刘海戏蟾”。

和合之神的万回哥哥

先讲“和合二仙”。和合二仙这个名称正式出现是比较晚的，它始见于清朝李汝珍《镜花缘》第一回，写群仙去赴王母娘娘的蟠桃盛会，“说话间，四灵大仙过去，只见福、禄、寿、财、喜五位星君，同着木公、老君、彭祖、张仙、月老、刘海蟾、和合二仙，也远远而来”，他们都是民间传说中经常提到的神仙，和合二仙便杂在这些人的队伍中。但要追寻二仙的根底，却又有些模糊了。

明代田汝成的《西湖游览志余》书中曾经讲道：宋时杭州城的风俗，在腊月祭祀万回哥哥，他的像是蓬头笑面，身穿绿衣，左手擎鼓，右手执棒，说是和合之神，祭祀他可以使人在万里之外也能回来，所以叫作“万回”。

作为“和合之神”的万回，大约就是和合二仙的原型。这个人，历史上据说是实有其人的，他原是唐玄宗时代的一个异僧，并且还有一段关于他的神奇传说。说他年轻时候，外貌上看来愚蠢得很，简直像个白痴，连父母也没把他当人看，只把他当猪狗豢养着。他哥哥被征调到安西去戍边，多年未回，音信隔绝，父母疑心他哥哥死了，早晚都在哭泣。万回忽然跪在父母面前说道：“爹妈哭泣岂不是为了忧念哥哥吗？让我亲自去替爹妈看看。”第二天早晨这呆子果然带了点简单行李去安西看他哥哥，到晚上便赶了回来，报告父母说：“哥哥平安无恙。”还带回哥哥写的家书一封，拆开一看，确是哥哥的笔迹，一家人都很惊异。他家所在的弘农（现在河南省灵宝县南）离安西（现在新疆维吾尔自治区吐鲁番市西）共有一万多里，他一天中便打了个来回，因他能从万里回来，所以叫他作“万回”。

宋时祀此僧为和合之神者，大约因为他能万里传达书信，和合家人之好的意思。但万回仅止一神，和合二仙却是“二仙”，因此有人疑心和合二仙的根源并非万回，又在唐代另外两位高僧中去找出了他们的根源，那就是寒山、拾得。据清翟灏《通俗编》说：“雍正十一年封天台寒山大士为和圣，拾得大士为合圣。”如所载无误，那么说和合二仙即寒山、拾得也是有根据的。并且现代民间故事中，也还有“和合二仙传友情”这么一个故事在为这一说法作旁证。故事内容大概如下——

和合二仙传友情

寒山、拾得同住在北方某个偏远的村子里，虽是异姓，却亲如兄弟手足。寒山年纪稍大些，和拾得共同爱上一个姑娘，寒山却不知道，临到拾得和姑娘结婚的时候寒山才知道。寒山怀着悲哀的心绪，抛弃了家庭，去到江南苏州何山枫桥，削发为僧，结庵修行。拾得得知寒山出走，也抛弃了姑娘去寻找寒山。后来探听到寒山的住地，便折了一朵盛开的荷花前去拜望他，寒山看见拾得走来，也赶紧捧了个盛斋饭的盒子出来相迎。两人欢喜极了，各手拿荷花和饭盒相向而舞。于是两人都做了僧人，开山立庙叫“寒山庙”。后来拾得东渡日本传道，日本因此有了拾得寺。寒山、拾得便成了团结友爱的象征；而荷与盒，也恰好谐着“和合二仙”这样的名目。

现在和合二仙的画像，确实是将他们画作蓬头笑面的二人，一个手持荷花、一个手捧圆盒，当是取和（荷）合（盒）谐好之意。这种画像，每当婚礼时就陈列悬挂出来，以象征婚姻的美满和谐。也有常年悬挂在中堂的，就无非是取和好吉利的意思罢了。万回故事和寒山、拾得故事都是构成这个尚未定型的民间神话的基本元素。

刘海蟾累卵悟道

再讲“刘海戏蟾”。“刘海戏蟾”原是五代时一个名叫“刘海蟾”的修仙慕道人的名字的讹变。这个人名叫刘玄英，号海蟾子，五代梁时，做燕主刘守光的丞相。一天有个道人来谒见他，向他要了十个鸡蛋、十枚金钱，鸡蛋和钱都放在桌子上，然后在钱上垒鸡蛋，鸡蛋上又垒钱，这样一直垒上去，光景像是寺庙里的佛塔。看得刘海蟾心惊胆战，忍不住叫道：“危险呀！”道人笑道：“这就算危险吗，人处在荣名势利的高位，岂不比这更危险？”海蟾大悟，将钱一抹，撒了满地，于是弃了官去学道，周游名山，后来终于在终南山下，化成白鹤，飞升上天成了仙人。

刘海戏蟾

刘海蟾的故事大略就是这样。但是由于在传说中姓名的离析讹变，“刘海蟾”就成了“刘海戏蟾”了。首先是见于画家的笔下，据说明代画家就曾画过仙人海蟾子戏蟾的图像：一只玉色的蟾蜍蹲在仙人的脑门顶，仙人则蓬着头，张着口，手里拿了一枝连花带叶的桃枝，仰脸去逗弄它；清代初年画家所画的干脆就是刘海戏蟾图：一个蓬头跣足嘻笑的人在戏弄一只三足蟾，或者在戏弄它的时候，手里还拿铜丝贯着几枚金钱。这是图画，还有彩灯。近代民间每逢节日——尤其是元宵佳节——所制作的彩灯中，就常有“刘海戏蟾”这么一种彩灯，造型和绘画相似，不过是把绘画来立体化了。说到戏剧，清代初年的神仙鬼怪戏中，也有“刘海戏蟾”这么一出戏，可惜脚本佚亡，内容不太详悉，只是从近代一些地方戏有关此戏的演出中，还可略窥一二。知道这个由于姓名离析错讹而产生的神话故事，在民间还是若明若暗地流传着。现在就将湖南花鼓戏所演的此剧内容，大略介绍如下——

刘海手执祖传的斧头，在山中砍樵，奉养他那年老多病、双目失明的母亲。

后山一个名叫胡秀英的狐女，修道五百年，炼就一颗红艳艳的宝珠，可以吞吐自如，正向着成仙的路上迈进，可是一见朴质忠厚、强壮有力、生活困难的刘海，却不由自主地产生了对他的同情和爱心。在众姐妹的鼓舞下，她来到三岔路口，对刘海进行引诱，终于去到他家，和他成为婚配。狐女帮助刘海采樵并料理家务，还用法力使他瞎眼的老母重见光明。刘海母子获得能妻贤媳，狐女获得人间的温暖，一家人生活美满幸福。

不料山上有一个蟾妖名叫石罗汉的，也修了五百年道，炼就七枚金钱，还想夺取狐女的宝珠，凑够千年之数，以便提前正果登仙。曾经使过几次阴谋，被狐女众姊妹识破，计未能逞。后来听说狐女和刘海结成夫妻，便趁刘海中秋节上街卖柴之机，和众顽石埋伏在丝瓜井边，等狐女来汲水时，一拥上，将她推入井中，先下毒药，后来又下千斤闸，逼她吐出宝珠。狐女痛楚难忍，只得将宝珠吐出。

狐女失掉宝珠，昏昏沉沉，走回家去。家里正摆了丰盛的酒菜，等她回来共庆中秋佳节。狐女满怀悲痛地将她的身世和失珠的情由向刘海实话告知，说是由于失珠，天明以前，就要现出原形，所以当晚就得回到深山去，了此残生。

刘海想起狐女的恩情，愤然要去和石罗汉厮拼，夺回宝珠，保护妻身，说纵使她是狐狸转世，也愿和她白头到老，永不分离。狐女说他是个凡人，敌不过石罗汉半仙之体，拦阻他去。刘海甩开狐女的手，猛然冲了出去。狐女只得去到后山，请众姊妹前去助战。

这时斧头神突然在云端显现了，自说他是刘海的斧头，代代相传，已有千百来岁，今朝定要帮助刘海夺取宝珠，使他夫妻永远团聚。

刘海跑到丝瓜井旁，突然发现一把红光闪闪的斧头，刘海大喜，急忙取斧在手，石罗汉从井中跃出，手执七枚大金钱，二人各用武器在井旁战斗起来。众顽石来势汹汹，齐从四周拥上，协助石罗汉作战。刘海渐觉穷于应付，狐女率众姊妹赶到，驱走顽石，刘海的斧头又显出了神威。石罗汉不敌，纵身入井，刘海也跟踪跃入井中。他们在井里一场恶战。不久，刘海就从石罗汉那里将宝珠夺回，并夺得了蟾妖苦心炼就的七枚金钱。

刘海化身从井中跃出，将夺回的宝珠交还原主。狐女胡秀英忙将宝珠吞入腹内，立刻精神陡涨，喜笑颜开，从此她将永远是人的身子，和她的丈夫相亲相爱、永不分离了。

化身的刘海呢，就作蓬头赤足、张口嘻笑的模样。他手里拿了一串金钱，正戏弄着那刚从井里跳出的金蟾；金蟾似乎还想得到金钱，也伸爪张口跃跃欲试作戏弄状。——是金蟾在戏金钱呢，还是金钱在戏金蟾呢？这种情景，看来却是有点教人不大明白了。但它却构成一个神话的奇趣的幻景，长久地流传在世间。

叁拾陆 白蛇传

“白蛇传”也是很早就流传在民间的神话，它大约产生在南宋时代。在唐代的小说《白蛇记》里已经有一点点它的影子，到《清平山堂话本》所收宋元小说《西湖三塔记》，影子就更明显了，可以说便是它的原型。但二文所写，主题都只是妖精害人。到明冯梦龙《警世通言·白娘子永镇雷峰塔》，才是我们今天能见到的最早的“白蛇传”的文字记录，作为主角的白娘子即“白蛇”，虽然身上妖气尚未尽除，却是已经有了若干善良的人性，令人同情。自此而后，群众对于这一人物的同情更是大大增加了，他们通过各种民间文艺的形式——小曲、唱本、鼓词、宝卷、滩簧、地方戏乃至口头传说等，逐渐将她塑造成为一个坚贞果毅、专爱不迁、具有神通法力的英雄人物。现在就根据冯文和以后各种材料，把这个故事的大概情节简单叙写如下——

西湖遇雨白许联姻

宋朝绍兴年间，杭州有个李将仕生药店的主管名叫许宣、排行小乙的，是个二十多岁的青年，自幼父母双亡，在表叔的药店帮工。清明节那天，请假到雷峰寺去烧钱化纸，追荐祖宗。回来正沿着湖边走，不期云生西北，雾锁东南，落下微微细雨；那阵雨下得绵绵不绝，衣服和鞋袜都沾湿了。许宣正彷徨间，一只小船从后面摇了过来，船上的艄公乃是熟人，许宣就搭他的船向他寄住的姐姐家返去。

船摇离岸走没多远，听见岸上有呼叫的声音，原来是一个身穿白色、一个身穿青色衣服的两个女子站在雨里，要求搭船。艄公也把船摇过去，将她们搭载上来。三个人同坐在小小的船舱中，许宣一看，两个年轻妇女都是绝色的美女，穿白的像是新寡的少妇，穿青的像是她的丫鬟。彼此攀谈起来，果然那个穿白的少妇自说她姓白，刚去给新故不久的丈夫上坟回来，旁边的丫鬟名叫青青。许宣虽说是老实本分的人，对着这样俊美的妇人，不免也有些动念。

船到了该靠岸的地方，大家都上了岸，各自分手回家。雨还在细细地下着，许宣从一家熟人开的生药店里借了一把伞，打着伞往前走去。屋檐下听见有人叫“小乙官人”，许宣掉头一看，认得是刚才同船的白娘子。白娘子说雨下得大了，叫青青回家取伞还没来，望许宣搭她几步。许宣便和她合伞同行了一段路。看看离彼此的家都近了，方向道路却是有些不同。许宣便主动提出将伞借给她，明天午后他自己来取。白娘子欣喜道谢打着伞去了，许宣沿着人家屋檐冒雨回姐夫李仁家。

一晚上他都想着白娘子。第二天去药铺做生意也没心绪，午饭后又向老表叔请了半天假，往白娘子所说的住处讨伞去。到了那个地方，问过好些人都说不知道，却见丫鬟青青笑吟吟地走过来，说特奉娘子之命来迎接官人。许宣便跟随青青走去。进了一所楼房，楼房内陈设装饰典雅华丽。白娘子安排酒宴款待许宣。吃到傍晚，白娘子推说伞被亲戚借走了，请许宣明天再来取。第二天许宣只得又去取伞，那妇人又备下酒菜相款。饮酒间白娘子满面春风地向许宣提起姻亲的事，要他去寻一个媒证，共成百年姻眷。许宣心里喜滋滋地想："真是一段好姻缘！"又转念一想："自己白天在药店帮生意，晚上寄住在姐夫家里，哪里有钱来办这门亲事？"便又沉吟不答。白娘子问他为何不语，许宣只得实言相告。白娘子说："这个容易。"便叫青青去取了一个小包袱来，亲手递给许宣，说："这东西你拿去使用，不够时再来取。"许宣打开包袱一看，是一锭白灿灿的五十两雪花银子，便满怀欢喜地收下了，并接过送还的雨伞，辞别还家。

武库失银许宣遭难

许宣先向姐姐说知这事，并拿出白娘子给的银子交与姐姐，要姐姐转告姐夫，恳请姐夫做主，成全这门亲事。晚上，在衙门公干的李仁回家，姐姐将兄弟的请求说与丈夫，并将银子取出给他看了。李仁拿着那锭白银在手，反复看了几遍，大叫一声："不好！全家是死！"妻子惊问有什么利害的事情。李仁指着银子说；"这是官库的银子，几天前平白无故丢了五十大锭，上面都凿有字号，现在官司缉捕得紧，知而不报及窝藏贼人者，除正犯外，全家都要发配边远充军。现在是火到身边，顾不得亲眷，只得去出首禀告了。"

李仁果真拿了银子，到临安府去出首。临安府大尹登即派遣捕快去将许宣一索子绑缚了来，当厅坐定，喝声打！许宣颤抖着分辩了一会儿，才将雨中遇白娘子、借伞讨伞的事一一说出。大尹命缉捕使臣押着许宣去捉拿本妇归案。走到白娘子的住处一看，却不是什么华丽的楼房，只是兀立在坡上的几间破屋，门前堆满了垃圾。推门进去一看，只见里面桌凳都有，一个美貌娘子坐在一张挂着帐子的床上。众人都不敢上前。一个好酒的衙役为壮胆喝了一坛酒，将那空坛向着帐子打去，只听得霹雳一声响，帐里的娘子霎那间没了，却留下明晃晃一堆白银，一计数，恰是四十九锭。衙役们扛了银子，押着许宣，到了临安府。按照当时国家律例，许宣发配苏州牢城营做工。李仁得了五十两赏银，心里不安，全部给了小舅作盘费。

许宣来到苏州，亏得拿了表叔李将仕给苏州朋友的介绍信，又亏得随身带的银子上下打点，才得免于入牢，只在一家开客店的王主人的门前楼上住了下来。吃过这场飞来横祸的官司，白娘子忽然不知去向，许宣孑身一人流落在他乡，思前想后，不明白这个妖媚的女娘究竟是什么人，心里常常感到纳闷。

白蛇青蛇缘起

这个白娘子究竟是怎样的一个人呢？我们也得把话说明。原来她本是峨眉山的一条白蛇，在深山洞中修炼了一千七百多年，秉性坚贞，不害生灵，修成了人形女体的一位神仙。只因不耐深山寂寞，出洞观看风景。但见东南杭州，红尘十丈，是个繁华富庶的地方，贪恋尘世的繁华，便驾着冉冉彩云，到杭州去。刚到西湖地界，便有盘踞在那里的一条青蛇，化作一股妖气，迎面而来，和她战斗。青蛇道行浅薄，战斗不过，谢她不杀之恩，情愿归顺于她，和她结为主婢关系。许宣在清明节那天祭祖回来，白娘子在湖旁见了他，爱他忠厚朴质，人品俊秀，愿和他缔结良缘。那一场断断续续的应时春雨，不过是她略施小术，凭借伞还伞之机，作为良缘缔结的因由罢了。府库官银也是她用搬运法摄取来的，由于疏忽大意，忘了设法把银子上所凿的字号泯灭，才让许宣受了一场无妄之灾，她也只好留银遁身而去。

许宣在王主人店中住了半年，忽然一天，一乘轿子抬到店门前，旁边一个丫鬟跟随着。轿子歇在店门外，丫鬟正向旁人探问许小乙官人。许宣走出来一看，正是青青和白娘子。许宣想起前情，心里嗔怪，恼羞成怒，挡在门前，不让她们进来。正在纷争扰攘，主人的老妈妈走出来，好说歹说，再三劝说，把三个人都劝了进去，分别安顿下来。白娘子先把主人的妈妈奉承好了，叫妈妈劝主人与许宣说和。银子事都推在先头丈夫的身上，说都是先夫遗留下的，原不知道它是官银还是私银。这样，许宣就在王主人店里，选定吉日良时，备办喜筵，邀请宾朋，与白娘子结成婚配。

卧佛寺惩老道

从此以后，夫妻恩爱和睦，快乐度日。所有盘缠开销，都是从白娘子的箱匣中拿出。光阴易过，不觉又是半年光景。苏州风俗，每年二月半，不论男子妇人，都要到承天寺看卧佛。到了这天，许宣向妻子说知，自己也去闲耍一遭。于是便到承天寺去游逛了一番。刚出寺来，见一个穿道袍的先生，正坐在阶下卖药。许宣在人丛中探头略看了一看，那道者便大声招呼住他，说他头上有道黑气，定有妖怪缠身。许宣慌了，只得蹲身下来，向道者求教。道者给他两道灵符，教他把一道符藏在头发里，一道符半夜三更烧。许宣依法先藏好一道符，半夜三更偷偷起来正要烧另一道符时，却被白娘子知道了，一骨碌从床上翻身爬起，夺过符来，自己先烧了，说："小乙哥和我多时夫妻，却信别人言语，说我是妖怪，半夜三更烧符来镇压我，却如何？"自然全无动静。许宣惶愧满面，说出卧佛寺老道教唆的实情。第二天白娘子便偕同许宣到卧佛寺去见那老道。老道还在那里鼓簧弄舌，说凡是妖怪，只要吃了他的符，就会现出原形。白娘子当着众人说："这道长曾说我是妖怪，我就请他书一道符给我吃了看看。"老道不得已，只得书一道符递给她。白娘子吃了道士的符，没些影响。众人齐骂那先生，说这样一个妇人，如何说她是妖怪。白娘子说："我自小也学得一点戏法，且把先生试与众人看看。"说着口里便喃喃念了些什么，只见先生便缩作一团，半空悬吊起来，许多时候才自己落下。许宣和众人都看得呆了。先生也赶紧收摊卷帘，一溜烟跑走了。

端午节雄黄酒

白娘子见丈夫闲着终不是路数，药铺生意是他的本业，便又拿出银子来，在码头上买了几间铺房，备办药材，装修门面，开起一家生药铺来。许宣逐日在药铺里做生意，轻易不到外面去游逛。没多时候，又是五月端阳节到了。照规例，端阳节是要吃粽子、饮雄黄酒的，楼下店伙早备下了丰盛的酒菜在那里欢庆佳节。许宣陪他们喝了几杯，又特命青青分拨了几样菜肴，端上楼来，自己拿了一壶雄黄酒，陪白娘子喝。白娘子最忌此物，仗着有些神通法力，勉强应酬了一两杯，经不住许宣殷勤苦劝，又多喝了一些。许宣见娘子红潮上脸，实在不胜酒力，就服侍她在床上躺下，放下帐子，自己又下楼与众人畅饮去了。少时席散，许宣又上楼来，走到床前，揭开帐子，看看爱妻酒醒没有。哪知不见娇妻面影，却见一条大白蛇，盘在床上，头如笆斗，眼似铜铃，口里吐出火焰样的忽闪忽闪的舌头。这一下可把许宣惊得魂消魄散，登时仰面朝天，倒在地上，不省人事。青青听见楼上响动声，上楼来看，只见许官人倒在地上，一摸手足已是冰冷。忙将白娘子从床上呼叫起来。白娘子闻声，也已恢复人形。主婢俩急忙蹲在楼板上一诊看，许官人已经气息全无，直僵僵地死去了。白娘子忍不住伏在官人身上，痛哭失声。青青劝慰主母，说这不是哭的时候，救人要紧。白娘子只得强收住泪，和青青同想救人的办法。

盗仙草

忽然想起在南极仙宫中有九死还魂仙草，若是能将它盗取了来，便可救得丈夫性命。但是仙草有鹿、鹤两个童子把守，二人都是神通广大、武艺高强的天将，轻易近身不得。但为了救丈夫的性命，也管不得许多了。白娘子便嘱咐青青好生看管官人的尸体，自己赶忙穿上紧身衣服，带着两把青锋宝剑，驾一朵白云，往南极仙宫迅速飞去。不久来到仙宫，恰遇仙翁带着鹤童到名山洞府讲经说法去了，只剩鹿童看守仙宫。鹿童困倦，正在宫门瞌睡。白娘子飞身进了宫门庭院。趁此时机，忙把仙宫中那一丛红艳艳的仙草摘取一支，返身飞出。鹿童惊醒，化身大鹿，腾空前来拦阻。适逢鹤童正随仙翁回宫，远远瞧见，也立化大鹤，展翅飞来扑啄。蛇最怕鹤，白娘子一见大鹤飞来，胆战心惊，不觉现了原形，被大鹤一口叼在嘴里。相比之下，白娘子不过是条小小的白蛇，像蚯蚓般地在大鹤的嘴角边宛转挣扎。大鹤正想吞蛇入肚，仙翁赶来，挥动手中的拂尘，喝令鹤童，将蛇释放。白娘子被释，复了人形，拜倒在南极仙翁脚下。仙翁捋须慈祥地笑道："知道你救夫情切，恕你无罪，去吧。"白娘子含着热泪，谢过仙翁，仍驾白云，赶忙飞回家中。白娘子立刻和青青拿仙草来煎汤与许宣吃了，不久就见他悠悠地醒转过来，灰败的脸色渐渐恢复了先前的红润。许宣睁眼见了白、青两人，惊魂未定，认为她们都是妖怪，挥手要她们出去。白娘子早将一条白汗巾化作白蛇，斩为七段，扔在天井里，要许宣去看。说许宣酒后床上所见，就是此物。许宣亲自去看了，果真如此，才稍稍放下心来。

镇江金山寺有个名叫法海的和尚，在苏州开坛讲经，募化功果。许宣自遇白娘子后，经历了一些奇事，不免也心存疑虑，去听和尚讲过一两回经，在缘簿上写了五十两功果银，约定秋后亲自携银去金山寺缴纳。转瞬秋风习习，已是到了九月中旬。许宣便向娘子说起要去金山寺还愿的话，白娘子最厌僧道，起初不允，经不住许宣苦苦央求，才让他速去速回。许宣打点行装，从苏州起程，走了好几天，才来到镇江金山寺。进了山门，一见法海和尚，那和尚就合掌低眉，口称善哉，说居士是被妖精迷惑住了，若不猛省，定有杀身之祸。许宣被说得毛骨悚然，万分惧怕，赶紧跪伏在地上，向那个浓眉大眼的和尚恳求救命。和尚叫许宣皈依在佛座下面，暂勿还家，才可免灾。许宣无奈，只好听从。

水漫金山

金山寺面临大江，不多几天，只见白娘子和青青，驾着一只小船，来到金山下面，怒气冲冲，高声呼喊，说要见法海。法海率僧众走出，轻蔑地站在山门上，俯视着下面船上的两个女娘。白娘子质问法海："为什么要挡住我的官人不让回家？"法海说："许宣已经皈依佛门，不许你这妖孽再来纠缠。"白娘子说："如果不把官人送出，定发大水漫灭金山。"和尚耸一耸他多毛的鼻孔冷笑说："那就请施展你的本领吧。"

白娘子果然去东海，搬来龙宫虾兵蟹将、乌龟团鱼，以及水族各种奇形怪状的鱼类，翻腾起一场大水，恶浪滔天，洪波千丈，借着狂风暴雨的势头，直向金山掀排过来。大水愈涨愈高，眼看就要漫进山门，漫入佛堂了。几个小和尚惊慌失措，光着足板在水里跑，要法海师父赶紧拿主意，想办法。法海从身上脱下他的大红七宝袈裟，叫弟子拿去山门外高坡上罩定。说也奇怪，袈裟果然有些神力，罩上不久，水便慢慢退去了，风雨也渐渐止住了。和尚捧掌合十，口里说："善哉！善哉！"慢慢从怀中掏出一个钵盂来。

雷峰塔与蟹和尚

"如今你可以回家去了，"法海将钵盂递给许宣说，"见了你那女人，你可悄悄将这钵盂往她头上一罩，再拿我这褊衫将钵盂封住，就没事了。我自跟随前来接应你。"

许宣回家，果然狠着心肠，照和尚所说，假意和白娘子周旋，然后觑个空子，掏出钵盂，冷不防从背后一罩，白娘子瞬间不见，许宣忙拿和尚的褊衫将钵盂封住。正不知如何去处，浓眉大眼的法海和尚已笑哈哈地进得门来。青青一见情势不妙，急化一道青烟逃走了。法海将褊衫揭开，便见钵盂中一条小小的白蛇，正在那里盘曲着身子昂头注看许宣。许宣不禁悲悚交集。和尚便携了钵盂，挈带着许宣，去到杭州雷峰寺前，将钵盂放在地下，叫人搬砖运石，砌成一座七级宝塔，就是西湖有名的雷峰塔。又留下四句偈语道——

西湖水干，
江湖不起；
雷峰塔倒，
白蛇出世。

然后仍回镇江金山寺去了。许宣据说也从此看破红尘，就在雷峰塔前，削发为僧，修行了几年，一天晚上忽然坐化而去，他真可说是达到“四大皆空”的目的了。

青青化为青烟逃走以后，恨法海将她的主母镇压在雷峰塔下，常想复仇。乃去雁荡山练功，凡经九易寒暑，三番去寻法海对敌，都被战败。又苦学三年，再去敌斗法海。法海在佛殿悬挂符箓、念诵经文不能将她退却，又亲自出来迎战，招式多端变化，也斗不过她，要想逃命又被大江阻隔，既无船又无桥可以渡过。最后，他只得逃到螃蟹的肚子里去躲避一死。青青知道法海进了蟹壳，便在蟹壳上面用剑画了几道纹路把他禁锢在里面，让他永远不得出来，像他用雷峰塔镇压白娘子一样。然而雷峰塔终于在半个多世纪以前倒掉了，镇压在雷峰塔下的白娘子想来也该出世了。只有那无事生非的法海，至今还被锁禁在蟹壳里坐着。现在我们看蟹壳上面常有一些道痕，那就是青青用剑画的符；螃蟹嘴边常吐白沫，那就是法海在蟹腹里念经急想出来；剖开蟹壳，看见有像是身着袈裟、盘膝而坐的和尚样的物什，那就是和青青战斗不胜、到这里逃避死亡的法海，一般人把它叫作“蟹和尚”，因为它又脏又臭，都把它扔掉，不愿意吃它。

图书在版编目（CIP）数据

袁珂讲中国神异故事 / 袁珂著 .—厦门：鹭江出版社，2018.12

ISBN 978-7-5459-1508-2

Ⅰ.①袁…　Ⅱ.①袁…　Ⅲ.①神话–作品集–中国–当代　Ⅳ.① I277.5

中国版本图书馆 CIP 数据核字（2018）第 116683 号

YUANKE JIANG ZHONGGUO SHENYI GUSHI

袁珂讲中国神异故事

袁　珂 著

出版发行：鹭江出版社

地　　址：厦门市湖明路 22 号　　**邮政编码：**361004

印　　刷：三河市兴博印务有限公司

地　　址：河北省廊坊市三河市杨庄镇大窝头村西　**邮政编码：**065200

开　　本：880mm × 1230mm　1/32

插　　页：4

印　　张：7.5

字　　数：179 千字

版　　次：2018 年 12 月第 1 版　2018 年 12 月第 1 次印刷

书　　号：ISBN 978-7-5459-1508-2

定　　价：58.00 元
